Fate Prototype 蒼銀的碎片

1

櫻井光
原作 TYPE-MOON
插畫 中原

Little Lady ACT-1

光耀如你——

真誠，尊榮，仁慈。
那笑容彷彿晨光，柔和且燦爛。
崇善尚愛，篤信正義的——溫柔的你。
儘管厭惡爭戰，拿起劍來卻比任何人都還要強悍。
你將揮舞那輝煌之劍，斬除世上一切奸邪與罪孽。

——宛若童話故事中的白馬王子。

現實中沒有王子。
再怎麼找也只是虛耗時間。
現實比起童話冷酷、嚴苛得多了。

我們就是在這樣的教訓中長大。
來自父母、師長，
抑或是這個世界。
瞧，現實就是這麼冷酷，這般嚴苛。
整個世界被黑色給填滿了。就算再努力，頂多只能抹成灰色。
沒有王子，也沒有白馬。
令人目眩神迷的夢與幻，哪裡都不存在。

但是，我們知道。
王子一定存在於這世上的某個角落。

沒錯，我們都知道。
童話般的現實，必定存在於世上的某個角落。

一點也沒錯——

我們全都知道。

這世上，光輝（你）確實存在。

這世上，命運（你）確實存在。

時而分離、時而相接，終究緊密依持。

斬開掩埋世界的黑。

身披蒼藍與白銀，手持比世間萬物都更加耀眼的光輝之劍。

——你，來到了，我身邊。

Fate/Prototype

蒼銀的碎片

死者不能復生。
逝物無法復返。
無論有何奇蹟，
唯有存於現下的事物得以變革。

望天於此末世，降賜救濟。
聖都再現。
王國復理。
七首十冠之獸，現於微波之彼。
罪愆深重之物。
汝名為敵。
其性狼貪。
其賀言冒瀆天聽，呼嘯而至。

在此，將以廣布的奇蹟為基礎。

藉逆說方式，證明已逝主人曾經存在的愛。

聖杯戰爭。

那是魔術師們為了實現己願而廝殺的過程。

屬於以天使為職階名的七名魔術師，與七騎使役者的戰爭。

從前「死於非命」的英靈們，重獲名為使役者的靈魂容器而重返現世，隨主人魔術師齊聚一地，展開超乎人知的酷烈大戰，殺至最後一騎。

魔術師與使役者，都為實現己願而戰。

時為西元一九九九年。

舊千禧年的終末。

在東方之極的應許之地——東京，最新一次的聖杯戰爭就要開始。

而此時此刻——

一騎使役者站在我面前。

具有蒼藍瞳眸的他。

身披白銀戰甲的他。

這名第一階的使役者，與最底階——第七階權天使的我彼此相依，誓言與我在這聖杯戰爭中協力奮戰。

他就是承諾保護我的騎士。

劍兵。

在當時的我眼中，你是那麼地高大。

使我渾然忘我地注視與八年前相同模樣的你。

八年前。那時候，你陪伴在姊姊身邊，肯定是一直在我看不見的地方戰鬥。然而我所知道的並不多。

不懂你。

不懂父親。

不懂聖杯戰爭具體上究竟有何意義。

不懂姊姊在做些什麼。

姊姊——
愛歌姊姊。

他是個比誰都更耀眼的人。
在八年前的聖杯戰爭中，與妳一同奮戰的人。
當時的我相當幼小。直到現在，很多事已經記不清了；但有些事，我每次都能清楚回憶起來。

例如——對了。
姊姊，其實我一直都很——

閉起的窗簾縫隙間，穿來刺眼的陽光。

就在窗外的樹枝上，鳥兒們吱吱喳喳地報時。

是早晨的氣氛。夜晚的黑暗與冰冷彷彿幻象，不知消失到哪裡去了。入睡前應是「明天」的日子，已以「今天」的身分到來。

沙条綾香揉揉仍顯沉重的眼皮，在柔軟的床鋪中恍惚地醒來。

「唔～～」

陽光，鳥囀。

綾香不會討厭令人心曠神怡的晨間氣氛。

但她不怎麼喜歡早晨本身的來到。

（已經天亮了啊。）

體溫傳遍了整個被窩，暖得剛剛好。綾香並不否認自己對這感觸有好感。惺忪之中，感受著這樣的溫暖在被窩裡打滾。算起來，更偏向是喜歡那一邊。

（鬧鐘，還沒響……）

毛毯罩著頭的綾香抱著幾分期待，向置於枕邊的數位鬧鐘伸手。伸出毛毯的右手，一把探進涼颼颼的空氣中。對於這種感覺，綾香也算喜歡。

但喜歡歸喜歡，冷還是冷。

鬧鐘馬上就被拖進毛毯底下。

這個會顯示西曆年月日和星期，還算高級的鬧鐘，是綾香去年的生日禮物。雖想要更可愛的鬧鐘，不過她無法抱怨父親的好意，就這麼用了一年多。

【1991】

綾香對平時不會注意的年份瞥了一眼才查看時刻。

【AM6：14】

上午六點十四分。

在這時間，其他同年女孩大多會決定繼續睡回籠覺；不過綾香的生活習慣與一般小學生稍有不同，見到數位面板之後，表情不太高興地嘟噥：

「……剛剛好。」

同時，按下停止鬧鈴的按鈕。

鬧鐘設定為上午六點十五分。

所以剛剛好，不能再待在床上了。

綾香扭動身子爬出毛毯，又扭動身子脫下睡衣。

早晨空氣真的很冷。換穿的衣物，昨晚睡前就摺得整整齊齊地擺在書桌椅子上。綾香穿上它們的速度，比脫去睡衣時快了一些。

開始能自己穿衣服，是多久以前的事了呢？

至少，在剛進小學時就會了。反過來說，她對於自己仍需要別人幫她穿衣時是怎樣的狀況已經沒有印象，就連是父親還是母親幫的忙也記不清楚。

多半……不是父親吧。

儘管記不得，綾香仍有這種奇妙的確信。

「好。」

穿完衣服，綾香站到立在西式衣櫃邊的穿衣鏡前。

很整齊，沒問題。

綾香很喜歡這件明亮的紅色上衣。紅色的鈕扣感覺挺時髦的，很可愛。

接下來，綾香一面盯著牆上時鐘，一面快動作地梳頭。

頭髮不怎麼長，很快就梳好了。沒問題，「時間」來得及。不過還是有點驚險，心情有些著急。

（……還要作飯的話，就要更早起來了吧。）

雖然能夠自己穿衣服了

對於廚房之事還是一竅不通，全都交給父親處理。

基本上，絕大部分家事都是由父親來做。即使偶爾會請幫傭來打掃，不過沙条家房子大，「不能進去的房間」又很多，到最後還是爸爸自己來打點。綾香幫忙做家事，也必須遵照父親的指示。

「爸爸已經起床了吧。」

昨晚，他應該也很晚才睡。

今天早上，他也會自己一個人準備大家的早餐。綾香基本上不會加入，頂多只會幫忙裝盤上桌。

因為早上時間，綾香有別的事要做。

必須完成規定的日課。

也就是——黑魔術訓練。學習，並且實踐。

走廊的空氣比房間凍人得多了。呼出的每口氣都是白色的。

綾香呼溫雙手，走進洗手間，擺好父親為她做的踏台，站到上面，用冷到連氣溫都不值一提的水洗臉。

早晨特有的恍惚感頓時消失。

殘存的睡意也不知跑到哪裡去，意識豁然開朗。

拿自己的毛巾擦乾臉上水滴後，綾香「嗯」地點頭，看看鏡子。見到濕透的瀏海，才想到應該先用髮夾夾好才對。鏡中的自己，有張覺得傷腦筋的臉。

「不可以裝怪臉喔，綾香。」

綾香又「嗯」地點點頭，返回走廊。

到這時候，她終於發覺某件事。

「咦？」

什麼味道這麼香？

是哪個鄰居在做早餐嗎？培根和蛋在沙条家的菜單中很常見，有那種味道並不奇怪；但空氣裡雖瀰漫著培根味，但還摻雜一股其他食物的味道。綾香對烹飪不熟，也沒有學過，完全聞不出來。

什麼味道呀？意識一角冒出這疑問的綾香，在走廊直直前進。

走到底後，拐了個彎。

前往「植物園」。

從洗手間沿著走廊一直走，開啟某扇門來到室外，再穿過聯絡走廊，進入底端的玻璃門後，綾香終於抵達植物園。聽班上同學說「綾香的家好大」時，她都覺得還好。只有走在通往植物園的路上時，她才真的覺得很大。

與其說大，不如說寬敞。

不過，綾香不討厭寬敞的家。

即使覺得步行距離讓很長。

即使對日課感到負擔。

但她並不討厭來到這裡。

——這裡不是庭院，也不是庭園。

——而是植物園。

這裡有茂盛的綠樹與花朵，種類多達數十種，還有許多鴿子。

幾隻鴿子一見到綾香就飛了過來，圍在她腳邊。

以住家庭院而言，植物種得有點多，稱作庭園好像又有點誇張。所以綾香認為，還是管它叫「植物園」最合適。

很久以前，綾香曾問父親：「為什麼要叫植物園？」不過父親沒有回答，只是曖昧地點點頭。因此綾香自己猜想，最先將這裡稱作植物園的也許不是父親。

一定是母親取的名。

若要分類，應是屬於溫室。

玻璃打造的牆與天花板，今天也納入了充分的朝陽。

學校老師來家庭訪問時，曾說那樣能隔絕酸雨，對植物生長很重要，並稱讚爸爸很能幹之類的。然而綾香不懂建玻璃帷幕的原因是否真是如此，也不曉得植物園是否由父親所建。

「爸爸您早。」

不是早安，而是您早。

綾香盡量不理會湊上腳邊的鴿子，往並非玻璃牆的木製「特殊」地點出聲。那個不適合遭受日曬的藥瓶和書籍堆積如山的地方，等同於父親的研究室，也是綾香每天早上的「學習園地」。

但是——

「奇怪？」

綾香不禁歪了頭。

平常這個時間，父親總是在這裡。

上午六點半到七點半，這個早餐前的一小時，綾香都得向父親學習黑魔術。

這就是綾香每天早上的日課。

然而，房裡沒有任何人。

「爸爸？」

可能只是暫時離開房間，人在植物園的其他角落吧。於是綾香再試著呼喊，等了一秒、兩秒——

還是沒人回答。

只有腳下幾隻鴿子咕嚕咕嚕叫著。

「不是叫你們啦……」

想想看。今天是爸爸不教黑魔術的日子嗎？

就算是，要做的事、必須做的事還是沒變。那些訓練，是爸爸規定每天都必須做的事，基本上不會有哪個早晨可以什麼也不做。

忘了父親的事先交代而挨罵，其實也發生過不少次。所以，說不定父親昨晚曾說過今早要做其他的事，只是自己忘了。

這麼說來——

「爸爸好像……」

——再過不久。

「說過什麼要開始了。」

——就要開始了。

「然後……」

——我們都非得參加不可。

「呃……」

——為了實現沙条家的悲願。

——不，那是成就我們魔術師的大願而必須做的事。

「我以前不是說過，不要和鴿子說話嗎，綾香？」

熟悉的聲音。

綾香馬上轉向聲音來處。

父親瘦高的身影，就在植物園出入口的玻璃門邊。閃耀的陽光，在他臉上拉出大片陰影，仰頭望的綾香看不清其表情。

「爸爸……」

「不要對祭品說話，不可以和牠們交談。我們絕不能對祭品移情，移情會導致猶豫，使黑魔術師感到迷惘。我不是說過很多次了嗎？」

「……是。」

綾香俯著臉點頭。

她當然知道父親叮囑過很多次，所以一直告誡自己不要注意，但最後還是不小心對腳下的鴿子說話了。

這時，也有些鴿子親暱地圍過來。

剛進植物園時只有兩三隻，現在已有近十隻了。

「鴿子不能和人類對話，也不會對話。本來人是不會對牠們移情，但是妳年紀小，很容易胡思亂想。」

「……」

「這也是為了妳好啊，綾香。」

說過好多次了。

每天早上都被爸爸訓的話，今天又重複一次。

綾香自己也很希望能達到父親的期待。

可是一見到這些鴿子這麼親近她，實在——

而且，對於遵照父親的指示「動手」，她也確實感到抗拒。

「活祭在黑魔術之中是不可分割的一環。祭品的痛苦，就是黑魔術的力量來源。」

這句話，父親也說過好多次了。

即使是健忘的綾香，也忘不了父親每早的叮囑。

「我盡量努力。」

綾香小聲回答。在這時抬起低俯的臉，對她而言是不可能的事。下垂的視線中，有隻白鴿正啄著她拖鞋的鞋尖。

「算了，今天無所謂。快去餐廳吧。」

「咦？」

——咦？

綾香沒聽懂父親說了什麼。

過去每天早上，不到早餐時間是絕對出不了植物園的。

綾香終於抬起頭。

父親沒有面對她，視線朝向主屋。一時間，綾香看不出他在看哪裡，方向大概是餐廳那邊——

「吃早餐了。妳今天早上就陪愛歌一下吧。」

來時一個人的走廊，歸時兩個人走。

綾香沒問原因。

因為父親的話必須絕對服從，所以綾香僅是「嗯」地應聲點了個頭。「回答的時候要說『是』。」儘管被父親這樣訓話也沒聽進去。她只是沒將「為什麼」說出口，疑問仍在她腦袋裡漸漸轉成漩渦，不斷擴大。

「……」

綾香目不轉睛地盯著走在前面幾步的父親背影看。

他會解釋這是怎麼回事嗎？

還是什麼也不說呢？

綾香對父親的印象，就是極少提及魔術以外任何事的人。

舉例來說，問媽媽怎麼了，他從來不回答，問植物園的由來也一樣。那種時候，他都是點點頭就敷衍過去。

然而——

「愛歌她啊……」

父親難得開口了。

頭也不回地說：

「在做早餐。不好意思，妳就陪她一下。」

「姊姊？」

「妳去陪她，應該比我還好吧。」

「？」

綾香不太懂父親的意思。

又不禁歪了頭。

早餐時間，綾香總是和父親、姊姊三個人一起度過，因此姊姊出現在餐廳並不是什麼怪事，但時間實在太早了。現在大概才剛過上午六點半不久。

「姊姊肚子餓了嗎？」

綾香即使這麼問，心裡卻覺得不是這樣。

姊姊──

比綾香年長六歲的姊姊：沙条愛歌。

對綾香而言，姊姊是個非常特別的人。

她不認為姊姊會說「希望提早吃飯時間」這種「普通女孩」才會說的話。姊姊不會說這種話，絕對不會。綾香心裡甚至能這麼篤定。

因此，她不懂父親的意思。

「她好像想親自作菜。」

「作菜？」

綾香曾見過姊姊下廚幾次。

不過，那只有在父親忙不過來時才會發生，從來不曾主動要求。聽父親剛才的語氣，好像是姊姊主動要求父親讓她下廚一樣。

「姊姊自己說的？」

「對。」

「這樣啊。」

坦然地，綾香點點頭。

雖然覺得訝異，但不知為何，她也自然而然地認為——

姊姊主動想那麼做，表示她想做出完美的菜餚。

因為——

姊姊是個極為優秀的人。

可愛——不，應該說美麗，而且聰慧，做什麼都得心應手。

「綾香，可以幫我拿盤子來嗎？還有土司喔。」

「好，姊姊。」

「啊，不是那種。我要裝培根蛋，小一點的，就是妳上次打破的那種。還有，土司要薄的，不要厚片。」

「啊。嗯……好——」

瞧，現在也是如此。

在廚房中，不僅動作俐落，還非常優美。

姊姊過去替爸爸下廚的每一次都與這次不同，有種因為有必要才由她來準備的感覺。效率是很好，手腳是很快。

可是現在卻是這麼地——動作像真正的廚師一樣俐落，姿態也像故事中的「媽媽」那麼美麗。

和以前完全不同。

上次也很厲害，可是現在又不一樣。

雖然都用「厲害」形容，可是意義上——

還是性質上？總之就是有那類的不同。

菜式種類也是如此。看，一眼就能看出不同。

上次是培根蛋土司、生菜沙拉和牛奶。

這次除了培根蛋土司、生菜沙拉和牛奶外，還有牛腎派、炸鱈魚柳和薯條、起司、火腿、麥片粥、司康餅跟紅茶，甜點有切瓣的桃子和蜜李。

多到根本吃不完呢！

每一樣，姊姊都做得迅速確實。

甚至光是見到她握著菜刀的纖白玉指，都令人忍不住嘆息。

她和我明明只差六歲。

這個人為什麼能這麼美麗呢？

學校裡也有很多可愛的女生，可是全都和姊姊不一樣——

「謝謝喔，綾香。呵呵，怎麼突然發呆啊？」

「沒有啦……」不知為何，不敢說「因為姊姊很漂亮」。

「是嗎？」

美麗的愛歌姊姊。

姊姊彷彿是個高貴的公主，在變成城堡舞廳一部分的廚房裡翩翩起舞。

並樂在其中地做了好多菜，看起來很開心。

我雖不記得媽媽的臉，可是我想，她還在世的時候一定也是這樣。

在射進窗口的陽光下，閃閃發亮。

姊姊真的好美。

以前其實也很美，不過——

今天早上更特別。

美得燦爛奪目。

「書上說，英國人喜歡吃鱈魚喔。」

但不列顛人不見得一樣就是了——

這麼說的姊姊，在朝陽下溫柔地微笑。

她真的好美。

她的笑容比什麼都美，比任何圖畫書或公主娃娃還要可愛。

上次見到姊姊這麼開心的表情，不知道是多久以前了。

無所不能的，我的姊姊。

無論是學校課業還是黑魔術都難不倒她，和數學題或黑魔術訓練都不太行的我不一樣，真的什麼都做得到。

沒錯，無所不能。

不管面對鴿子。

或是貓咪。

都不會像我那樣，站著動不了。

我之前以為，無所不能的姊姊大概不會有「成功的喜悅」或「嘗試的快樂」之類的感覺。

可是我好像錯了。

因為姊姊她做得這麼快樂，笑得這麼開心。好美——

「綾香，可以幫我試吃看看嗎？」

「唔，嗯。可以嗎？」

「可以啦。來，嘴巴張開。」

我乖乖張嘴，往自白皙手指捏來的炸魚柳咬了一口。我平時不太喜歡油炸料理，但——

「怎麼樣？」

「好好吃……」

真的很好吃。

明明我不太喜歡油炸料理。

外皮香香脆脆，裡面鬆鬆綿綿，一點油膩的感覺也沒有。好好吃。

「看來沙瓦醬的小法術奏效嘍。好，綾香喜歡就沒問題了♪」

「小法術？」

「那是能讓菜變好吃的祕密小法術。比魔術還厲害喲。」

餐桌邊傳來喝咖啡的爸爸嗆了一口的咳嗽聲。

在我和姊姊關心前，爸爸先說了聲：「沒事。」

我想，爸爸應該是嚇了一跳。因為姊姊的話。

魔術，小法術。

即使我很健忘，也記得爸爸的話。

因為，所謂的魔術真的存在。

也是我們的——

「呃，比魔術還厲害的東西，呃……」

「妳說什麼？」

「爸爸說過，只有一種東西比魔術更厲害耶。」

「是啊。所以，我就用了那個。」

姊姊她——

這不是理所當然嗎？妳在說什麼傻話？

是這種表情。

沐浴在閃亮亮的晨光下。

和櫻花瓣同色的嘴唇間送出的聲音。

彷彿在說，那真的——

「就是戀愛的魔法。」

就像真正的「魔法」。

我不知道那究竟是怎樣的東西，但還是有那種想法。

「戀愛？」

「呵呵。綾香現在大概還不會懂，什麼叫作戀愛的魔法吧。」

這麼說之後——

姊姊看著我，竊聲低語。

有如，在對我背後的某個人說話。

「比魔術師用的任何神祕都還要厲害喔。」

Fate Prototype
蒼　銀　的　碎　片

Little Lady ACT-2

「——來，請用。」

少女背對代表早晨的光芒如是說道。

她站在東窗邊，展示餐桌上各式各樣的菜餚，聲音比屋外仍在啼鳴的鳥兒更可愛，且帶著略顯含蓄的動作。

真是個動人的少女。

髮絲柔細得連陽光都能輕易穿過。

眼眸色彩清淡而澄澈。

翠玉色的洋裝將她襯托得相當美麗。

宛若一蕊在光輝中綻放的花朵——

沒錯。他在心中描述這少女的模樣。

若是慣於接待淑女，氣質典雅的騎士，想必能信手拈來地讚頌這少女的美，為她盛情款待的眾多餐點吟上一首感謝之詩吧。

然而說起來，他並不是慣於取悅淑女的人。

所以，他只是注視少女。

「謝謝。」

並簡短應話。

深含懷感謝之意。

「那個……」少女舉止靦腆地微笑著說：「因為我不清楚你的喜好，所以都是想到什麼就做什麼，量可能太多了點。」

「不會，我會滿懷感激地吃光的。」

「不需要勉強啦，能吃多少算多少……」

含蓄回答的聲音。

忽然間，逐漸細小。

就在少女視線焦點，從他身上瞥向餐桌那瞬間——

「只要你肯吃……」

猶如沐浴陽光而舞動的善良妖精那般明朗，沾染朝露的美豔花朵那般燦爛，卻因為光輝蒙上了陰影，妖精隱蔽，盛開的花朵也如時間倒轉般閉蕊。

少女視線游移，表情也益發暗沉。

「我就……」

恐怕是因為——

他看似現在才回神注意到，面對著小山般的菜餚。

以常人的一餐份而言，那的確非常多。

蛋類。培根蛋、炒蛋、水波蛋，每一種都約有六人份。順道一提，水波蛋是盛在土司上，那也是六人份。

沙拉。以綠色為主，看起來賞心悅目，而這也約為六人份。

肉類。與厚實的白色菇蕈一起烘烤的香腸，同樣是六人份。還有一整個以牛肉、牛內臟與菇類為餡的牛腎派。大概是剛出爐吧。切成六等份後，每片算是一人份。

牛奶燕麥粥也是六人份。以鱈魚肉條和馬鈴薯炸成的菜，堆得又高又尖。

桃與蜜李的切片拼盤也不遑多讓。

當作餐後點心的司康餅和奶油，也份量十足地堆在蛋糕架上。

大部分都是他不熟悉的菜。

幾乎每一樣都是少女介紹後，才能將名稱與實物連結在一起。

「量不是問題。」

「可是——」

「充足飲食，是騎士征戰沙場的活力泉源，永遠不會嫌多。」

這麼說完，他對少女微笑。

這笑容雖是為了讓少女安心，但事實上若只有這樣的量，對他來說真的不是問題。他所說的話就某方面而言也是事實。一旦上了戰場，騎士就需要耗費龐大活力，所以自然有人認為眼前有多少肉、薯類、酒就得吞下肚，有這樣的氣概才算是真騎士。

當然，凡事都有例外，也有限度。

浮現在他腦裡，「圍繞圓桌而席的騎士」中，也不是所有人都會同意這句話。

總之，至少他本身敢毫不遲疑地這麼說：

「我不是在哄妳。」

賭上自己的榮譽與這把劍。

無論如何，也絕不會口出妄言。

「妳努力為我做的一切，我全都會吃完，愛歌。」

沙条愛歌——

那就是少女的名字。

早餐開始後一段時間。

他應其所言，將桌上菜餚一口口往嘴裡送。大約清空一半時，少女的臉總算恢復原來的明朗。每當他說一次「真好吃」，少女的表情就更具光彩。

妖精和花朵的氣息都回來了。

嘴邊，自然地漾著微笑。

不僅是少女，他也是。

「跟你說……」

假如花兒也會開口說話，想必就是這種聲音吧。

那音色美得使他這麼想，甚至開始猜想，住在那妖精之國（亞法隆）的女孩們，是否也有這樣的嗓音？

「我對這個炸魚柳和沙瓦醬特別有自信喔。因為不喜歡油炸的綾香都說好吃，一定真的很好吃。」

「嗯，那個嚐起來特別香。」

「呵呵，很高興你喜歡。」少女打從心底欣喜地笑瞇起雙眼：「今天早上，我特地做了現代——喔，不，正確來說，是英國十九世紀到二十世紀的普遍早餐。因為我想，你可能比較喜歡接近家鄉的味道。」

「是啊，真的很好吃。」

「真的？」

「真的。」

「真的是真的？」

「是的，我的主人（Yes, my lady）。妳做的菜，真的是美味得不同凡響。」

兩人一問一答。

這話更加深了少女的笑容。

「太好了——」

她微微點頭，髮絲搖曳。

他也稍稍微笑，作為答覆。

說起來——他對「英國」一詞相當陌生。

但少女的心意已充分傳達，沒有任何不足。

那些菜事實上也十分美味。每一道都和他所知的準備方式跟工法都不一樣吧。想必經過長久歲月，讓文化上發生了斷層，或與異國文化混淆了。從送進口中的料理能感受到這樣的時間差距。

這差距不可能沒在他心中激起漣漪。不過，他還是很感謝少女的心意。

他不曉得少女做這一切究竟考量過什麼，感受了些什麼或想過些什麼。

他只是接下其中最純粹的那部分。

並且對這個即使面臨戰爭也沒有一絲緊張，以相應年齡的純真表情與他對話的少女，簡單地以微笑回應。

這時——

「劍兵，我告訴你喔。」

「什麼事？」

少女再次叫出他的名字。

他跟著注視少女。

「我呀，今天早上發現一件事。不對，我應該是從一開始就知道了。」

少女「嗯」地點個頭後說：

「簡單來說，那就像做菜一樣。」

在他問「跟什麼一樣」之前——

那櫻色的唇。

已輕輕，語氣沒有任何變動。

理所當然至極地——

就像翻轉酒杯，內容物就會灑出來一樣。

「——就是『聖杯戰爭的做法』。」

所謂聖杯戰爭，就是一場爭鬥。

對我們來說，爭鬥絕非重點。

原本，世世代代延續不斷地為學術研究奉獻生命，才是我們魔術師的正道。

縱然守護研究成果或家系的過程中，很容易與個人或社會產生衝突，但一般而言，行動的宗旨不會是爭鬥本身。

但是，只有一件事例外。

那就是聖杯戰爭。

理由非常簡單明瞭。

因為聖杯就只能實現一個願望。

相對地，參加聖杯戰爭的魔術師——「主人」共有七名。

非得消滅其他六名不可。

這場爭鬥的前提就是無法迴避，務必作好準備。

（摘自某冊陳舊筆記）

「我發現做菜和聖杯戰爭，從頭到尾都是相同道理。」

少女繼續說道。

爽朗而輕快——

維持著碩大的盛開花朵之美，沒有一絲陰霾。

「如果遇到程序繁複的菜，動腦筋簡化就好。像燉菜，一般需要咕嚕咕嚕地煮很久，但只要用壓力鍋就能輕鬆燉好了吧？像食物攪拌機或微波爐，都是不容小覷的好工具。」

少女高高豎起食指說。

那動作，就像幼童想到了新點子一樣。

不，就是這樣吧。那些話在眼前這荳蔻少女的心中，完完全全就只是想到一個好點子而已吧。

剎那間，他明白到——

少女的天真。

少女的純潔。

今天這桌早餐和聖杯戰爭，在她心中約為同等。

那是來自年輕人經驗淺薄而自以為無所不能，還是不懂聖杯戰爭殘酷真面目的無邪表現呢？又或者是，因為她擁有「壓倒性的強大天賦」才說得出這種話？

恐怕是後者吧。

畢竟她這麼年輕就獲選為主人了。

「再來就屬事前準備了。我認為，為達成目標而未雨稠繆，對任何事都很重要。」

少女接著說。

在他的注視下。

「由於使役者每個都很強大，所以直接攻擊主人的效率最好。更進一步說呢，要攻擊主人不必對他本身動手，如果他本身有更弱小的『弱點』，狙擊那個弱點更是事半功倍。」

少女繼續這麼說。

弱點——就一般魔術師而言，就是家系血脈。親人、子女。

「所以，妳想俘虜魔術師的子女？還是要殺了他們？」

他的沉默只保持到少女說出那句話為止。

不能不開口了。而且，那不是為了向身為己主的魔術師提供戰略或戰術上的意見。

就只是——

再也聽不下去了而已。

「愛歌。」

對於少女毫無矯飾的順應態度。

彷彿不懂聖杯戰爭是一場廝殺。

彷彿已為除盡其他六人六騎下定決心——將不擇手段。

對於必須在聖杯戰爭中存活到最後的魔術師而言，這其實也是理所當然。無論如何美化，其所作所為就只是一場賭命的爭鬥。為實現己願，魔術師和英靈都會用盡一切資源，直至勝出。

但儘管如此——

「投入戰鬥，需要很大的勇氣。」

他離席站起，站到就在餐桌邊的窗口，陳述己見。

他並不想拿騎士道教訓她。

那種思想，恐怕不是相隔年代久遠的現代少女能夠理解。

「我想，妳已經得到那種勇氣了。」

也不想使用強制性的言語。

畢竟他的主人不是別人，就是這名少女。

「但是，我們不該把無關的人捲進來。

尤其是幼小的人，或無力的人。」

他輕聲對眼下的純潔這麼說。

有如在勸導一個年幼的孩子。

希望能至少讓這美麗的女孩，不致選擇踏上布滿血腥的道路。

然而——

「我都是為了你喔，劍兵。」

少女的微笑，沒有任何動搖。

沾染朝露的花朵，在輕柔涼風中搖曳生姿般的笑容仍在少女臉上，毫無改變，阻斷他繼續勸阻的想法。

少女閃亮的眼眸，不偏不倚地凝視著他。

「為了我……」

「對，這樣你就不必受傷了。雖然第一階的你，在使役者之間的衝突中絕對不會輸，但要是你在戰鬥中受傷——」

說著，少女將手提上胸前。

翠玉色洋裝的領襟。

纖細的指尖，慢慢地解開鈕扣——

「我一定會非常不忍心。而且——」

袒露洋裝底下的胸口。

露出雪白肌膚，與刻印其上的黑色紋路。

熾天使的七翼「令咒」。

「無論如何……我真的不想用這個。」

如此短短一句話。

卻讓他費了一番心神才明白其中含意。

一旦使役者之間全力交戰，勢必演變成得用上令咒中龐大的魔力才能化解的局面。這點，他當然也無法否定。

但少女卻避諱這件事？

為什麼——他疑問的視線，讓少女表情逐漸改變。

——臉頰……微染紅霞，略帶愁苦。

——有如……表白愛意的淑女。

「因為，這是我和你的聯繫嘛。」

——我一道也不想減少。

——現在我和你之間確實的聯繫，就只有這個而已。

是的，少女如此低語——

令咒。

天使之階級。

也是一把鑰匙，管理著足以剿滅所有障礙的窮極之力。

聖杯戰爭中，七名魔術師都會獲得強力無比的武器。

即七種七騎之英靈。

每個獲得天使階級的魔術師，各會獲得一種一騎。

我等將其稱為「使役者」。

那是超乎魔術神祕之物。

人所能夢見的最強幻想。

他們的力量，甚至絕不亞於能一次燒盡整座城市的現代兵器。

原本，魔術師水準的「神祕術士」不可能使役這些名留青史，締造傳說的偉大英雄於現代的化身。是聖杯所帶來的莫大魔力，讓魔術師得以召喚這群強大無比的英靈，使他們以實體重現人界。

英靈不僅強大，也相當異質。

大多擁有人形，但本質上並不是人。

魔術師身上的令咒，便是為此而刻。

那是聖杯之力的一端，甚至能控制性質超乎魔術的英靈。

共有三道。

換言之，魔術師能對英靈下三次強制命令，或強化他們。

沒有令咒，聖杯戰爭就無法成立。

（摘自某冊陳舊筆記）

「妳剛才說效率是吧？」

他再度對少女說話。

記憶並沒有錯。昨天，少女那同為魔術師的父親，將現下所能預估的其他主人情資都告訴了他，他也將每一句話都深深刻入腦裡。

魔術名門玲瓏館家，現任當家最有可能成為主人之一。其女兒與這名少女年紀相近，也曾經見過面。雖不知對方想法如何，但少女曾說她們的關係近似朋友。

整理記憶後，他小心翼翼地慎重開口。

說出人之正道。

要將她導向作人應有的心態。

「妳說妳要狙殺主人的孩子，

但我不想見到妳做這種殘害朋友的事。」

「劍兵真溫柔呢。」

「愛歌。」

「可是不要緊。不需要替我擔心。」

「人總有犯錯的時候，可是妳是個聰明的人，

即使不選擇錯誤的路，妳一定也能取得聖杯，實現願望。」

「對啊。」

少女隱晦地點頭後——

又對他展露微笑：

「只要是為了你，我什麼都肯做。」

她沒聽進去。

聽不進去。

少女應該聽見他的勸戒，但對話前後接不起來。為什麼？

他知道自己胸中升起一股焦躁。

因此他加快步調，做出結論，先說出決定性的一句話。

那就是——

「殺人可不是好事啊，愛歌。」

「為什麼？」

口吻，言語。

全伴隨巨大衝擊，錐入他心裡。

那是把由文字與表情構成的利刃，就連戰場上全力揮擊的鋼鐵巨鎚，撕天裂地的龍爪龍牙都望塵莫及。

更痛的是——

少女沒發現自己深深刺進他胸口的，是把利刃。

但是，他仍舊沒有放棄。

前不久，他還與這名少女相談甚歡。聊早餐的事、妹妹的事。

也就是說，還有希望。

「假如——」

言語編織而出。

還沒完，還不至於放棄。

「想想與妳共度早晨時光的家人，令尊、令妹。

這是同樣的道理，玲瓏館的主人一定也不想——」

「你為什麼要說這些話？」

——微笑。

「我都決定好，要把聖杯讓給你了耶。」

——明眸。

「我要讓你實現願望，幫你拯救不列顛。」

——甚至含帶優美。

「為了你——」

——在光輝中盛開的，一朵嬌花。

「我什麼都做得到，什麼都肯做。」

——沒有其他動作。

——少女，就只是燦爛且溫柔地，對他微笑。

Little Lady ACT-3

有光——

燈火早已全部熄滅。然而，仍有強光不時迸發。

舖設磚形地磚的混凝土地面憑空破裂。

尖銳的金屬撞擊聲緊接在後。

同時，凶惡得難以用「風」形容的衝擊掃蕩四周，轟碎路樹。綠葉紛飛，木片迸散，街燈爆裂。

黑壓壓的商業區一角。

目擊此情此景的人——並不存在。

縱使有哪個人湊巧經過，常人視覺也難以掌握這個地方究竟發生了什麼事。距ＪＲ池袋站一小段距離的摩天大樓群畔，深夜的都市陰影中，居然有兩道不知是否映入眼中的人影——以常人的腦袋無法正確認知的超高速連連交鋒。

就算能夠看見，也幾乎不會有人相信。

怎麼可能發生這種事。

「不愧是第一階的使役者。」

有聲音響起。

有一方人影忽然停下腳步。

現出身形，呢喃低語。

將應該長過其身高不少的長形金屬塊，輕輕地單手架持——

「真是高強的劍術。而且揮得又快又準確，一點破綻也沒有。」

持槍者(Lancer)如此說道。

沒錯，那是一把「槍」。

長得驚人，大得誇張。

那尖端形狀如寬刃般延展的金屬塊，在二十世紀的現在，唯有透過書籍或影片等記錄媒介，或是上博物館才見得到這種武器。它跨越西元前到近代的悠久歲月，在人類的爭鬥中擁有重要定位。有許多勇士將生命寄託於它，它長久以來也奪去了無數勇士的生命。那就是長柄的刃器，戰場之花——「槍」。

「想必……」

好一幅詭異的畫面。

就在池袋最大規模的超高層大樓Sunshine City 60旁邊。

才剛有幾輛汽車經過的首都高速公路高架橋下。

一名身披鋼甲的女子，手持如此長絕巨甚的「槍」。

「想必，是個赫赫有名的勇士。」

——甚至還微笑著這麼說。這有誰會相信呢？

原來如此，是槍。

想不到會見到如此壯觀的槍。

聖杯會自動賦予使役者們大致上的前提知識，告訴他們運用英靈七騎所進行的聖杯戰爭是怎麼樣的東西。魔術師的魔力衝突，英靈間巨大力量的對決，英雄譚傳頌的奇蹟與絕技的實現。那是扭曲物理法則的曠世奇觀，也是將對這世界造成某種摧殘的神話重演。

眼前的女子，正輕鬆地單手握持巨槍，行雲流水地旋舞著。

儘管那動作輕巧得會令人誤以為只是把紙槍，但他已親身體驗，這把槍尖大得有如塔盾的槍究竟有多麼沉重。

真是重得可怕的槍，超乎人知。

恐怕，少說也有一百公斤。

就算是連柄也由鋼鐵打造的大型槍也不會那麼重。這麼說來，這把尺寸與重量都極為異常的槍，並不是在物理規則下所製。確實是不負槍之英靈名號的武器。

「我明白了。」

內心的感歎——隨聲而出。

以身著銀色與蒼色的甲冑之姿

他——劍兵，收退右足，將自身「劍」尖向後引。

那是他的常用「架勢」之一。在現代戰場上，早已失去用武之地——沒錯，應與槍同樣屬於過去的「劍」，被他如此雙手握持，「擺定」架勢。

為了戰鬥。

為了交鋒，與阻擋眼前的持槍之敵一決勝負。

就在以標高近二四〇公尺為傲的摩天大樓群畔。腳下是幾層和緩的階梯，不利立足。乍看之下，他人在一座狀似中型公園，以假磚鋪設而成的廣場正中央。

與立於數階前的台階上，俯視著他的敵人對峙。

是個與寂靜夜晚相當匹配的女性。

留了一頭在戰場上只會造成負擔的長髮，展現她的自信與實力。

用槍的女人。修業時期，他也有個女槍兵朋友，但戰法完全不同；就連鎧甲裝扮也與他想得起來的形象迥異。表示女人是異國的英靈，並非來自不列顛。

「妳的巨槍也很了不起啊。第四階的使役者，槍兵。」

「哎呀，被你發現了。」

「因為妳的武器和我不同，好認多了。」

「就是說啊。真可惜，你好像不太想讓我看你的武器呢。」

女子淡淡一笑。

沒錯，女子的確看不見他的劍。

隱形之劍。聚集、封阻於其周圍的大量風，空氣操控光線曲折方向，隱藏了劍的真面目。因此持槍的英靈——槍兵，就如同與使用不明透明武器的戰士交戰一般。

「看不見的武器，還真是棘手呢。」

「我隨時都接受妳的投降。身為騎士，本來就不該對淑女刀劍相向。」

「你人真好。」

女子笑容不改：

「對我這麼好，我可是會——」

女子動身了。不，是戰士動身了。性別之分，在哪裡會造成差異？又有怎樣的差異？

都沒有。對方可是個英靈，是留在人們的記憶中，歷經時間考驗也依然留名於歷史夾縫

間的實體傳說。對於這樣的人物，性別沒有一丁點意義。他們只會憑藉這般現界所帶來的驚人神威，違抗物理法則，進行壓倒性的破壞！

看清楚吧。

以超高速接近的槍兵，她柔韌的指尖上可有那金屬塊？有那巨大的槍？

在出招前一刻都被她在手上輕鬆耍弄的鉅重之槍已不見蹤影。是用了和劍兵相同的風之「魔力」，還是其他魔術，抑或是超自然的傳說效果？都不是，那只是速度所致。再快、再快，一再地加快。巨槍在槍兵指尖與手掌引導下高速迴轉，彷彿比飄散空中的鳥羽更輕盈，進入肉眼看不見的領域。就只是這樣而已。

「很困擾的。」

話聲與攻擊同時釋放。

就體感而言，幾乎是同時發動五次攻擊。

迴轉速度提升至比極限更快的巨槍，五度襲來。

緊接著是五次金屬聲。槍兵同時擊出的五連次槍，被劍兵以佩劍正面擋下。真正無法目視的劍身，將以超高速營造擬似隱形的五連擊盡數彈開。如此超高速與超重量的即時對應，等同接連擋下連發槍彈的反物理行為，就是英靈——為求聖杯而戰的使役者戰鬥的方式。

高速相擊的鋼刃與鋼刃。

幾乎同時在兩者周圍造成了衝擊波。

轟散虛有其表的磚地。

勉強倖存的街燈也接連破碎。

「接得好。」

她的聲音中，仍有微笑的殘屑。

劍兵默不答聲地後退。隨後，五連擊襲向他剛剛站著的地點，在堅硬的混凝土地面留下深深爪痕。爪，沒錯，就是爪。如今，槍兵揮擊的槍已化作一隻「手」。那看不見的巨「手」從她靈巧身軀之後暴伸而出，指尖帶著一條條銳利的鋼鐵鉤爪，襲擊蒼銀劍士——假如有他人在場目睹，應該會有這種錯覺吧。

斷續的巨「手」猛攻，斷續的五連刺槍。

劍兵時而閃躲，時而持劍格擋。整體上是向後移動。

迴避、防禦，每個動作都極為完美。衝擊波就只是小小的餘波，不必閃躲。

然而他沒有攻擊的動作。長柄武器攻擊範圍長，用的又是這種超高速連續攻擊，攻擊距離居劣勢的劍自然難以反擊。

但是，在閃過合計第七次五連擊的那一瞬間——

「——！」

劍兵轉守為攻。

同時五連擊確實是驚人的招示，但太過單調，太過「鬆散」。

他先以毫釐之差鑽過看不見的「手」，並就此迴轉包覆銀甲的身軀，揮劍一掃，水平橫斬。纏著風的劍刃並未在至今的雙手握持下推送，而是以單手擊出。橫轉身軀的側身單手揮掃，攻擊距離較雙手時遠遠長上一截，直往一直處在巨槍攻擊範圍保護下的槍兵那細瘦的身軀斬去！

就在刃鋒應聲貫穿那看似以魔力鍛造的胸甲的——前一刻。

火焰飛竄。

覆滿劍兵的視野。

他沒有畏縮，反而更用力握緊劍柄，刺出劍刃。

同時更向前推進，要一舉貫穿敵人的心臟，但覺得手感薄弱。

定睛一看，槍兵的身影已大幅遠離。

不是揮劍能及的距離，需要再次縮短間距。

「……真是難纏呢。」

槍兵聲音中的笑意終於消失。

「這不算什麼吧。妳持續那麼單調的攻擊，我當然纏得起。」

「哎呀，又被你發現了。好心人，瞄準我的心臟是因為你慈悲為懷，打算讓我一命嗚呼嗎？」

「不敢當。」

劍兵重新架起隱形之劍。

縮短間距的手段還有幾種。

劍兵目前尚未展現的招數還多得是，不過那名持槍女子想必也是如此。畢竟只是能操縱重量異常的巨槍，並不足以使她成為英靈。暗藏了其他招式的可能性非常高。

譬如——

「好心人，好心的使役者，你對我這麼好，我可是會——」

像這樣。

從某個地方，掏出怎麼看都是魔術器物的小瓶子。

「很困擾的。」

充滿小瓶子的血紅色液體，被槍兵頭一昂就全部飲盡。

視線，始終沒有離開劍兵分毫。

豐島區池袋，林立於Sunshine City 60附近的住商大樓之一。

應該不會有人的屋頂上。

時間已逾深夜，稱作凌晨較為合適。一樓塞滿各種商業設施的大樓，每一層都空無一人，屋頂也理應如此。但是，那裡卻有一道少女的身影。

堪稱是某種——怪異的畫面吧。

不應存在的東西理所當然地存在，就某方面而言，和前不久那個持槍者類似，但氣息渾然不同。之前那人，怪異在具有將任何接近之物斬成碎片的強烈攻擊性，而這名少女——

該怎麼形容呢。

至少這一刻，劍兵找不到適合比喻的詞。

他來到「這個」事先約定的地點，注視少女的滿面笑容。

「愛歌。」

並短短地呼喚少女的名字。

沙条愛歌。

他這使役者的主人，魔術師。

為取得聖杯而與他一同投身聖杯戰爭，獨一無二的主人。

愛歌像在等劍兵過來般，秀氣地坐在鋪於屋頂一角的室外墊布上，身旁有個大籃子和保溫瓶。

「剛剛好準時。你好厲害喔，劍兵。」

她從保溫瓶倒出白煙裊裊的紅茶。

「我剛好也準備好了。來，坐下好嗎？」

並帶著燦爛的滿面笑容對劍兵這麼說。簡直像個決定要盡情玩上整個假期，來到大公園約會的青春少女。

不，說不定愛歌真的就是那種情緒。

都鋪了地墊，還這樣遞上熱飲。

「其實我很反對你跑到外面來，還冒著那種危險。」愛歌稍歪著頭，微笑道：「可是，現在知道這樣『等你』也很快樂以後，我反而開始害怕了。」

「害怕？」

「因為，我覺得我會想再多出來幾次嘛。」

「……那真的不太好。」

劍兵答出並無虛偽的感想。

儘管寒夜不足以打顫我身，一杯熱紅茶仍令人備感溫暖。含一口潤喉之餘，我靜靜地思考該怎麼勸戒言語如此荒唐的主人，且一時間開不了口。因為日前我親身體會到，自己的話不一定能進入這位令人憐愛的主人心裡。

——他抱著如此心情。

「你還沒吃晚餐吧？」愛歌打開身旁的野餐籃，將她準備的餐點擺上地墊。有夾了許多餡料的麵包，以及用鹽調味的球形米食。

「三明治和飯糰，你喜歡那一種？」

老實說，劍兵兩樣都沒嚐過。

那都是現代的料理吧，在故鄉沒聽過也沒見過。

「你聽說過三明治伯爵嗎？據說在未來的不列顛……不對，從現在來看已經是過去了，總之是不列顛的貴族發明的。那個伯爵啊，喜歡玩遊戲到捨不得停下來吃飯，所以就想出了可以邊玩邊吃的東西，真是個怪人呢。」愛歌微笑著遞出麵包：「所以，這個很適合在戰爭(遊戲)裡吃喔。」

「這樣啊。」

劍兵接過麵包，大咬一口。好吃。

這是以兩面都烤得微焦的土司，夾起其他餡料所組成的料理。最中央是烤雞和起司，裹上萵苣與番茄，再以土司夾起。多汁的新鮮番茄與肉和起司非常對味。確實有種所有食材融為一體的感覺。

「……好吃嗎？」

在他仍在世的時代，生菜是相當貴重的食物。

不過，在這個西元一九九一年的都市中，據說任誰都嚐得到。

「好吃。」劍兵邊嚼邊點頭。

用麵包夾菜吃的習慣，早在羅馬時代就已存在，也傳入了不列顛，只是沒加上伯爵之名罷了。於是劍兵坦率地點頭。像這樣吃麵包，他從以前——

「我很喜歡。」

從以前就很喜歡。

這同樣是毫無虛偽的話。雖是王者之身，卻從不諱言自己是騎士的劍兵，幾乎不曾說謊。現在，他也只是述說事實而已。

「你……你這樣……」奇怪，愛歌突然在慌張些什麼？

「嗯？」咀嚼。嘴裡塞滿三明治的劍兵，不解地看著她。

「你……你這樣，實在有點……」愛歌說得雙頰泛紅。

「嗯？」咀嚼。出聲的同時，劍兵開始想嚐嚐旁邊的米飯球。

「雖然我也覺得自己，可能有點……想太多了。」

愛歌的臉頰還是紅通通的。

這樣的她比較好。是的，他這麼想。

像前不久。她對父親報告今晚「作戰計畫」時的冷酷態度，極不適合這個年紀的少女。能夠保持這樣子就好了。如此健康的紅潤臉頰，散發著花朵的明媚與妖精的光輝，和她非常相襯。

「你好奸詐喔，劍兵。」

說完，愛歌鬧彆扭般鼓起腮幫子。

還噘起了嘴。

——真是可愛的少女。沒錯，劍兵由衷地這麼想。

正因如此，更有需要讓她明白投入慘烈的聖杯戰爭將有怎樣的危險。

即使此時此刻，這一瞬間，也是如此。

聖杯戰爭早已開始。這是「史上第一次」大規模的魔術爭鬥，不是操縱神祕的魔術師們彼此廝殺，就是強大得連物理法則都要屈從的英靈們戰得你死我活。然而，她卻若無其事地說要獨自外出，證明她的能力等，這樣的行為實在過於危險。

更令人擔憂的，是她對劍兵這使役者「過度保護」。

直到最後，愛歌都反對讓劍兵外出。

日前，她父親為她說明戰略與戰術在聖杯戰爭中的必要性，以及使役者才是真正的戰鬥力來源，也是所有行動的主幹。而愛歌不願接受父親的想法，拒絕讓劍兵暴露於危險之中，頑固地表示：

『我會一個人想辦法。』

這麼做，不可能活到最後。

一般的魔術師，連半天也存活不了吧。

可是她很特別。

『對了。』

『劍兵，我想到一個好點子！』

愛歌嘻嘻一笑，突然改變心意，提議今晚出外哨戒。

說穿了，就是監測其他主人與使役者深夜時的城區活動。愛歌與劍兵個別行動蒐集情資，相約於凌晨在此會合。

劍兵當然反對這提議，但愛歌完全聽不進去。

「我剛剛遇到一騎使役者，恐怕——」

劍兵嚥下三明治，簡短回報。

先前的戰鬥，勝杯戰爭首戰的過程。

遭遇使役者職階第四階的槍兵，與其交手數回合後，她服用了某種藥劑就毫不戀棧地當場撤退。當時的小瓶子，不知是否為寶具。

「哼～」

愛歌不感興趣，只是點點頭。

主人不該離開使役者單獨行動，假如今晚立場對調，妳已經身陷危機——劍兵如此委婉地勸告愛歌，她卻一派輕鬆地說：

「呵呵，你擔心我嗎？」

「那當然。」

「劍兵你真愛窮操心。喔，不，應該是因為你很溫柔。不過你儘管放心，要是有人接近，我馬上就會知道。」

沒什麼好擔心啦——愛歌又輕聲笑著這麼說。

的確，劍兵也知道這棟建築物設下了魔法結界。他對魔術雖不敏銳，但使役者是依靠魔力得以維持形體，不難感應出自身所在地是否受魔力影響。這裡有結界，且不是一朝一夕就能練就的簡單結界，而是與擁有七翼令咒的第一級魔術師相襯的強力結界。

一般人或普通魔術師，別說到達屋頂，就連二樓也上不了。

可是使役者與魔術師不同，全都是強力英靈。

現代魔術師的結界，不知能對他們起多少作用？

而且張設魔界，就等於昭告所有人「這裡有個魔術師」。

其實槍兵會現身，就是因為其主人感測到，愛歌在這棟大樓張設結界的緣故吧。

「不行，太危險了。例如……對，要是那個魔術師的使役者是刺客——」

「刺客的話就更不是問題了。剛才，我已經解決了。」

「嗯？」解決了？

「不是消滅掉了的意思。總之，她已經不是敵人了。」

「不是敵人？那是什麼意思？」

「因為我處理好了。」

輕描淡寫地——

愛歌仍以花朵盛開般的燦爛表情這麼說。

剎那間，劍兵暗自反芻她的話。

魔術師憑一己之身，解決了身為英靈的使役者？

今晚感覺不到使役者特有的氣息。聖杯給予的前提知識中——沒錯，劍兵腦中也灌輸了對戰使役者所需的常識。倘若與槍兵對戰時感到的獨特壓迫感就是使役者特有的氣息，那麼劍兵敢肯定說，他沒感覺到今晚這商業區裡有其他槍兵以外的英靈存在。當然，具有「斷絕氣息」技能的刺客仍能主動消除氣息，在他不知不覺中接近愛歌，而他就是擔憂這點。

想不到魔術師隻身遭遇使役者，居然能平安無事。

真教人一時難以置信。

不過——

「這裡很安全，周圍三公里以內都沒有魔術師或使役者。」

愛歌的眼神與言詞中，感覺不到一絲虛假。

多麼澄澈的瞳眸。

多麼清澄的聲音。

她的笑容可愛又惹人疼惜，並且——

「吶，劍兵……」

還有某種——熱情。

「既然我一個人處理掉一騎使役者，可不可以——」

妖精的光輝。

嬌花的明媚。

但妖精或花，都不會這樣接近過來吧。

距離好近。

一回神，少女微染嫣紅的臉已近在劍兵眼前。

「給我獎勵。」

愛歌以充滿期待的口吻，試著這麼說。

雙眼，靜靜直視劍兵。

「你……你……你好奸詐喔，真的很奸詐。怎麼這樣……」

很小聲地，愛歌不知在嘴裡嘟噥著些什麼。

從這反應來看，實在難以辨別這「獎勵」好不好。

面對手搭上肩湊來的愛歌，劍兵所選擇的行動是吻（Kiss）。

親吻。

輕輕地，在額頭上。

「那個，其實我也覺得……一開始就嘴對嘴實在太快了，可是額頭……不是啦，我很高興，很高興這樣肌膚相親，可是……可是我……這個……」

害羞、歡喜，面紅耳赤而慌亂的少女。

就一名年少淑女而言，這模樣真是可愛極了。

因為她的一舉一動，都非常符合她的年紀。

——她應該是個純真的孩子。

——這點無庸置疑。

劍兵忽然想到某種顏色。

那是白色。

仍未沾染任何色彩，無暇的白。未經玷汙的白。

抑或是——

足以抹去世間萬象的，絕對的白。

Fate Prototype
蒼銀的碎片

Little Lady ACT-4

「喂，妳聽過那個傳說嗎？」

「聽過聽過，就是那個瑪麗小姐的吧？」

「沒錯沒錯，瑪麗小姐。」

「我補習班也有人在聊這件事耶。聽說其他學校也傳得很凶。」

「因為是東京嘛。嗯，聽說瑪麗小姐的傳說只有東京有喔。」

「這樣啊。」

「這是真的，只有東京才會發生這種事。」

「可是電視上都沒有報導耶。」

「只是沒有播出來而已啦。」

她們在聊什麼呢？

傳說，只有東京，瑪麗？瑪麗小姐？

那是沙条綾香聽不太懂的話題。

她兩手抓著營養午餐的橢圓麵包，「啊嗯」地咬下一口，模糊地聽著把桌子排在一起的兩個女同學聊天內容。

今天的菜單是橢圓麵包和顏色較深的濃湯，還有生菜沙拉。

同樣的麵包，同樣的味道。

其實綾香比較喜歡炸麵包，可是那不是每天都有的東西，所以並沒有特別不滿。只是覺得「啊，有點失望」而已。

不過今天附橘子醬，有點開心。綾香將塑膠製的醬包一把撕開，一點一點地擠出來沾麵包吃。比起乳瑪琳，橘子醬還是比較好。她並不討厭甜食。

再往麵包咬一口。

甜中帶苦的橘子醬，讓麵包的味道和平時不同。

她並不討厭，算是喜歡。

「妳知道名字嗎？」

「名字？」

「就是瑪麗小姐的名字。不對，不是瑪麗小姐，是傳說的。」

「不知道不知道，什麼名字啊？」

「她都是晚上十一點和人搭訕吧？」

「嗯。」

「然後，那個人一定會死。」

「嗯。」

「所以，那叫作晚上十一點的死亡瑪麗（Death Mary）。」

晚上十一點。

死亡瑪麗。

開始像個嚇人的故事了。

（到底是什麼？）

談論這件事的，是兩個午休時總會聊個不停的女生。一個很愛看電視，一個每週三、日都會到隔壁車站的升學補習班上課。綾香在校外不曾和她們一起玩，所以不清楚對方聽說的正不正確。但她也不認為她們會說謊就是了。

她們好像在聊都市傳說。

綾香很習慣聽別人說話，便沒插嘴。她「啊嗯」地再含住麵包，咬下咀嚼，聽她們說話。從現在開始聽也聽得懂嗎？一開始都在小心翼翼地擠橘子醬，根本沒聽進多少。

晚上十一點的死亡瑪麗。

綾香從半途集中注意力聽下去。

她不會主動開口問。自己不常看電視也沒上補習班，頂多每個月討零用錢買本少女漫畫

雜誌。平時，她就隱約覺得反正無論自己說什麼，應該都很難跟同年紀的小學女生天南地北地聊開。

於是，她將嘴只用在吃飯上。咀嚼著。

只豎起耳朵，聽她想要的資訊。

（嗯～）

那是都市傳說。

會對大人輕聲搭訕的外國少女。

（女生。）

時間是夜晚。

少女會在深夜的街道上現身。

（晚上？）

那是死亡的誘惑。

與故事名稱一樣，必定帶來死亡。

（……會死。被殺掉？）

果然是嚇人的故事。是都市傳說。

那都是朋友的朋友，朋友的朋友的爸爸，或是朋友的朋友的爸爸的同事之類，並沒有直接目睹或關連的某個人，一副事不關己，卻又描述得像親眼所見的奇妙故事。

綾香也聽說過類似故事。

馬上就能想起來。

例如去年第二學期，班上很流行「人面犬」的故事。

還有很多小孩子喜歡偷偷摸摸躲起來說的，同類型陰暗謠言。

像是學校怪談，校園不可思議等。

這和那些一樣嗎？綾香茫然地想著。就是樓梯階數變多變少，理科準備室的人體模型會自己走路，音樂教室的音樂家畫像眼睛會轉動，廁所裡的女生之類的。跟學校無關的還有嘴巴裂開的女人，塗滿紫色的鏡子，從耳垂跑出來的白線，紅紙藍紙。另外──

（是叫作狐狗狸仙嗎？）

還有一個，就是在看起來像模仿靈應盤而寫滿五十音的紙上擺一個五百元硬幣，做類似降靈術的事。「綾香，妳也來嘛。」當同學在春天某個午休出聲邀請時，綾香還嚇了一跳，以為她們也是魔術師家系。結果跟魔術八竿子打不著，沒什麼了不起，就是個遊戲而已。

淨問些誰喜歡誰什麼的。

或是討厭誰、討厭什麼、害怕什麼，每個人問來問去都這些。

沒有發動任何魔術，就只是手指擺在硬幣上的某個人到處亂拖而已。

對了……綾香想起，當時邀她的就是這兩個人。

愛聊天的兩個人。

又很「膽小」的兩個人。

「每個人都死啦……」

「就是啊。見過她的人都死了，沒一個得救。」

「討厭啦，好恐怖喔。」

看吧，又在喊怕了。

「看到鏡子的人好像也會死喔。啊，應該是碰了就會死。」

「咦，真的嗎？」

「真的啊。所以，有很多警察伯伯就這樣死掉了。」

「好恐怖喔……」

真是個詭異的傳說。

傳說的內容的確很可怕，很嚇人。

一個叫作「瑪麗小姐」的外國人，會對工作到深夜才返家的成年男性搭訕，將他帶進旅館。隔天瑪麗就不見了，只在鏡子上留下——

『歡迎來到死亡世界（Welcome to the world of death）！』

一句以紅色口紅寫成的英文。

驚嘆號旁，還有個同樣鮮紅的唇印。

男性都是死在床上。

死因不明。沒有外傷，莫名其妙地死了。

甚至上了新聞。

瑪麗的目標全是成年男性，沒有女性。聽上補習班的女生說，她鄰鎮朋友的爸爸也是這樣死的。

（根本不是學校的怪談嘛。）

應該是大人的怪談才對。

這對於走在深夜街道上回家的爸爸們來說才是怪談。

和長了人臉的狗比起來，感覺是比較現實。不過綾香和去年聽見那故事時一樣，一點也不覺得恐怖。雖覺得有點詭異，若說完全不知道「瑪麗小姐」在想什麼，做了什麼也是件恐怖的事，那可能真的有點恐怖。但實際上，綾香還是無法體會。

因為綾香已經知道太多了。

昇華為神祕的傳說，固然具有某程度的力量。

然而小孩子間流傳的都市傳說，在各方面都不足為懼。

至少，她的父親沒說過人面犬是確實存在的神祕。

況且——

（我爸爸才不怕那種東西。）

綾香喝著玻璃瓶裝的牛奶，默默思考著。

父親大多時候都在家裡，就算出門也很少晚歸，不用擔心。

即使所謂的「瑪麗小姐」不僅是小學女孩口耳間近似神祕的都市傳說，而是實際存在的殺人魔——

對父親來說也不是威脅。

所以不可怕，和去年一樣。

只是，不能對班上同學說原因。

——因為，爸爸是個魔術師。

——能夠操控真正的神祕。

怪談算什麼。

是真正的「幻想種」就算了，他絕對不會輸給區區的都市傳說。

「嗯。」

細聲呢喃後。

綾香又咬了一口麵包。

想像中的怪獸。

只在古老傳說中提及的物種。

我們將那些物種稱為「幻想種」。

它們不屬於已知生命，是由神祕直接化為實體而成，由低到高共分為魔獸、幻獸、神獸三階。

魔獸水準的幻想種，常為魔術師操縱的對象。

也有改造其屍體的局部，作為魔術禮裝使用的例子。

上述兩種情形，不會發生在幻獸以上的幻想種。

要在現代見到它們幾乎是不可能。

然而，使役者卻能輕易打破這種「常識」。

他們的層次，更在魔術師的神祕之上。

能使人們的幻想臣服於他們。

換言之，他們有時甚至能操控幻獸以上的幻想種。

在聖杯戰爭中，我們能透過使役者，使用傳說中的神祕。
因此，別忘了懷有夢想。

全力藏匿。
全力隱蔽。
洩漏神祕，乃魔術師之大忌。
聖杯戰爭，非得在暗地中進行不可。

（摘自某冊陳舊筆記）

放學後——
綾香到家時，陽光已經西斜。

天色會暗得會這麼早，一定是季節的關係。呼出的氣開始變得和早上一樣白，就是最好的證據。看得一清二楚。

感覺有點冷。

綾香對雙手呼了口氣。

與其這樣吹，早上應該帶雙手套出門才對。她這麼想。

「好冷喔。」

綾香停在門前抬頭望。

這樣看來，這個家的確很大。

住在附近的同學都把這裡稱作「豪宅」。綾香雖然不覺得有那麼誇張，但就大小來說，是比鄰居稍微大一點。除了「不能進去的房間」以外，綾香幾乎都很清楚每條走道和每間房的構造，實在不認為自己的家堪稱豪宅。

只是個稍微大一點的，我的家。

班上導師來家庭訪問時，稱它為「洋房」。

隔著大門，能看見西式玄關和前院的樹木。

大門沒有上鎖，然而單純用手推是推不開的。

父親說是設了結界的緣故。原因也一併說明過。

記得是因為他必須參加某種大型的「魔術儀式」。他雖說上學本身不受影響，可以安心地去，可是同時也嚴厲吩咐，出入時必須謹慎小心。

於是，綾香做起父親指示的步驟。

確定四下無人之後，說了幾句話。

然後在門把邊的金屬零件上，照父親教的方式劃動指頭，並不甚熟練地集聚魔力。沒錯，不甚熟練。因此，應該只需幾秒鐘的事，卻花了綾香五分多鐘。

「應該比昨天快了吧。」

綾香喃喃地推門。

原先堅牢得像一堵牆的門，便這樣輕輕滑開。

接下來，就像普通人回家一樣。

穿過大門，確實關上。

「我回來了。」

輕聲低語。

這時間，父親和姊姊都不會在客廳，大多在某個「不能進去的房間」——只有綾香不能進去的房間，不曉得做些什麼。由於無論怎麼喊，他們連頭也不會探出來一下，所以綾香很早就不那麼做了。

儘管如此，她回家時還是會說那句話。

那是她每天的習慣。

自己回家時，說聲「我回來了」。

有人回家時，說聲「歡迎回家」。

「歡迎回家。」

沒人迎接，所以今天也自己對自己說。

穿過前院，開啟玄關門扉——

「？」

有種好香的味道？

綾香自然地想起幾天前那個早上，「該不會」的想法不脛而走。這股小麥粉的焦香味，昨天也聞過一次。那麼只要到廚房，或許就能見到今早沒見到的人。沒錯，綾香今天一個人做早課，早餐也是一個人吃。

於是綾香揹著書包穿過門廳，沿走廊走進廚房。

在那裡的是——

「哎呀，妳回來啦，綾香。」

美麗的聲音。

美麗的容顏。

時已傍晚，天已昏暗，卻仍光彩奪目。

綾香的姊姊愛歌穿著圍裙，對她微笑。

「姊姊，妳在弄什麼呢？」

「呵呵，妳猜猜看。」

「是蛋糕嗎？好香喔。」

「哎呀，真可惜，不過還是有答對一半。」

她笑咪咪地這麼說的模樣，真的好美。

愛歌姊姊。

和幾天前那早見到的一樣，穿上圍裙的她就像城堡裡的公主一般。看，她今天也輕盈地跳著舞。

好像又看到，很久以前爸爸放給我看的，據說媽媽很喜歡的動畫電影。

裡面也有一個又唱又跳的公主。

她也是一個好美的人。

我彷彿就在那電影裡。

我的眼睛不是眼睛，而是拍電影用的攝影機之類的機器。

拍攝著姊姊。

這麼想的我，眼睛和嘴越張越開。

「怎麼啦，綾香？怎麼眼睛和嘴巴都張那麼大？」

「啊。」

她白皙的指尖，來到若即若離的位置。

不過，最後還是沒碰到我。

只差那一點點。

「因為姊姊好漂亮喔，像公主一樣。」

「真的嗎？」

「嗯。」我真的這麼想。

「像不列顛的公主嗎？」

「不列顛？」

「呵呵，沒什麼。如果真的像那樣，姊姊會更開心喔。」

姊姊的笑容和幾天前的早上一樣。

閃閃動人。

好耀眼，彷彿真的在發光。

明明已經傍晚了，朝陽早就變成夕陽，都快沉了。

姊姊穿著圍裙開心做菜，在廚房裡轉來轉去，到處發光。不過她的手不曾偷懶，動作迅速確實。效率好，技術也棒。

她今天拿的不是菜刀，而是各式各樣的「磅秤」。

究竟要做什麼呢？

如果蛋糕只答對一半，那另一半是什麼？

想發問時，我發現自己的樣子不適合進廚房——連書包都沒放下，手也還沒洗。於是急急忙忙跑進洗手間，擺好自己的踏台，用冷冰冰的水洗手並漱口，將書包擺在走廊邊。

接著重新回到廚房——

「姊姊，那個……」

我為該不該說「幫忙」感到猶豫。

停留在剛才進得毫不遲疑的廚房門口。

我知道自己和萬能的姊姊不同，不管做什麼都一樣。魔術、唸書、幫忙做家事——都很平凡或更差勁，所以與其我去幫倒忙，說不定讓姊姊一個人做還更快更好。

我這麼想著。

支支吾吾了好久。

結果，姊姊看著自己手邊做的事後，開口問我：

「可以幫我一點忙嗎？」

好溫柔的聲音。

姊姊沒有轉頭，看不見她是什麼表情。

但我想那一定是笑臉。

一定和剛才是同一張臉。

在那個早晨之前，我作夢也沒想過自己會像這樣，想像那麼久沒看過的姊姊的笑臉。

「嗯！」我地大力點了頭。

「那麼，妳幫我拿那個櫃子裡的瓶子出來。」

「呃，哪個……」

「寫發粉的那罐。」

「啊，嗯。找到了，姊姊。」

「再來，從冰箱拿幾顆蛋。幫我選大一點的。」

「喔，嗯。」

「呵呵，小心別打破嘍。拿完以後，把那張桌子收一收。」

說不定。

喔，不，不是說不定，應該是這樣沒錯。

不只是拿盤子，還這樣拿其他東西幫姊姊作菜，今天是有史以來第一次。爸爸交代過，我自己一個人不能碰爐子，有姊姊在才行，可是一直沒有那種機會。

我——

第一次幫上姊姊的忙。

這樣的想法，讓我不禁變得更緊張。

因為，姊姊應該不需要別人幫忙。

「呃，那個……蛋，妳說要幾個？」

「兩個就好。不要緊張，破了就破了，清一清就好。冰箱還有很多蛋，不用擔心。」

「唔，嗯。」

「其他東西也一樣，還有很多備用的。」

「嗯！」

「呵呵。聲音在發抖喔，妳是不是很怕拿蛋啊？」

「我……我才沒有！」

拖拖拉拉。

我真的是非常拖拖拉拉。

但愛歌姊姊只是匆匆瞥我一眼，沒有生氣的樣子。

我還是沒看見她的臉，不過能聽見笑聲。

「喏，蛋來了。」

「謝謝。蛋都很完整，妳好棒喔。」

「沒……沒有啦。」只不過是拿兩顆蛋過來就被誇讚，讓我覺得自己有點可悲，忍不住低下頭。

「再來……說到蛋嘛，對了。綾香，妳喜歡吃荷包蛋嗎？」

「咦？嗯，喜歡。」

「那太陽蛋和雙面煎，妳喜歡哪種。」

「太陽蛋……」

不小心脫口而出了。

其實我說謊。

不對，我沒有那個意思。

不是謊話。

其實我真正喜歡的是雙面煎，可是爸爸和愛歌姊姊都做太陽蛋給我吃，我也不討厭那樣，所以不算謊話。

我並不討厭太陽蛋。

兩種都喜歡。

問題就只是，要不要真的分比較喜歡哪種而已。

「那下次我再煎個雙面的給妳吃。在英國，好像大多都是雙面煎喔。之前我也弄過一次，不過不夠漂亮，還要再多試幾次。」

「唔，嗯。」

「妳要幫我試吃喔？」

「嗯！」

「呵呵，很好吃喔。」

這麼說之後。

姊姊又對我露出笑容。

好美的笑容。

閃閃發光，就像比植物園裡任何一種花都還要美的花；又像圖畫書裡那種既可愛又有氣質的妖精，不是幻想種那種。不過，我還是覺得她最像城堡裡的公主。

「呵呵。」

咦？

姊姊的笑容和那天早上一樣，但有一點點不同。

不只是開心，好像還有——

遇過某些「好事」的感覺。

這麼想的我歪起頭，悄悄抬頭窺視姊姊的臉。

結果，姊姊馬上就「嗯？」地往我這兒看來。

「什麼事呀？」

「啊……呃，那個，我……」

我不禁驚慌失措。

被她發現我在看她，讓我羞得手忙腳亂。

發呆到把幫忙的事丟在一邊，也讓我好慌張。
花了好幾秒才問出：「姊姊最近遇過什麼好事嗎？」
「哎呀，我有那種感覺嗎？」
「嗯。」
「其實也沒有好到哪裡去啦。嗯～」
姊姊食指點著唇想了想。
這樣的小動作也好美，好令人嚮往。
「有一個有趣的動物，最近很親近我。」
「動物？」
「對呀，動物。」

說完，姊姊微笑。
沒有看我。
不知在看哪裡。

奇怪的是——

我忽然覺得背上有種冷到極點，難以具體形容的怪異感覺竄上來。

讓我打個哆嗦，不小心放開手裡的東西。

摔破了兩顆蛋。

使役者。

現界的英靈。

劍之英靈（Saber）。

狂之英靈（Berserker）。

弓之英靈（Archer）。

槍之英靈（Lancer）。

騎之英靈（Rider）。

術之英靈（Caster）。

影之英靈（Assassin）。

由聖杯之力配與七級職階的最強幻想。

他們的力量極其強大。

如過去所述。

別說斬鐵斷鋼，更能劈天裂地。

他們的肉體是由魔力構成的暫用品，正確而言並非生物。

擁有酷似人類的外表，卻不是人類。他們身懷遠超越生物或人類的強韌與破壞力，是現界的活傳說。

然而，他們並非萬能。

因魔力才得以存在，以魔力為活動能源的他們，必須由身為其主人的魔術師持續供給魔力才能保持現界狀態。雖然正確而言，單憑人類魔術師的微量魔力，不足以成為他們的全部食糧，但總歸來說，那並沒有錯。

沒有魔力，他們就無法存在。

換言之，沒有主人，他們就無法存在。

除主人外，還有一項魔力來源——

（摘自某冊陳舊筆記）

晚間十一點。

東京都新宿區西側，摩天大樓林立的區位一角。

有塊綠意盎然的地方，位於以新都心聞名的水泥叢林邊——那就是新宿中央公園，新宿區屈指可數的大型綠地之一。白天，在摩天大樓中勞心勞力的生意人常在這裡的樹蔭下吞吐青煙，稍作喘息；而到了這種時候，人氣基本上幾乎已散得精光。

但很難發生完全沒人的狀況。

夜間會有幾個遊民耐著寒風，睡在群樹投射的陰影下。
不讓這裡完全沒人的寥寥人氣，就是來自他們。
可是今晚，這裡沒有任何人的氣息。
遊民們居然全數消失無蹤。
原因就不在這裡多作解釋。
總之，他們消失了。
取而代之的，是一道孤伶伶的人影。
肢體纖長而姣好。
與帶來夜晚的黑相當合適。

那是個擁有年輕女孩外觀的——

曲線俏麗，身段柔韌的女性身影。
頭部包在厚質兜帽底下，包覆全身的黑衣緊貼手腳，凸顯那身褐色肢體的勻稱體態。年紀約十五至二十歲。
乍看之下充滿年輕光彩，富含彈性的肢體，看在自刀口上過活的習武之人眼中，應該是一副為戰鬥而千錘百鍊，卻近乎刻意地灌注濃厚女人味的軀體吧。

那女子是一名戰士。

正確而言，是註定暗中奪人性命的殺手。

月光映出了她的容貌。

貼附著一面骷髏。

從耳際、下顎到頸部曲線來看，應該是有幾分姿色；然而眼鼻周圍卻蓋在抽象的骷髏面具底下，看不見實際長相。

女子緩緩向前行走。

走到深夜的新宿中央公園，與流入安大略湖的瀑布同名的壯麗水池前，並恭敬地低下頭。

「呵呵，不用這麼害怕啦。」

接著，有聲音響起。

由少女的唇所織出的聲音。

在女子面前的少女。

女子止步前，這裡明明沒有人影。

確實如此，少女就這麼憑空出現在「空無一人」的空間中。

沒有聲音，沒有動靜。

彷彿她停止了空間的心跳，撕開了空間的肉，「轉移」而來。

「怎麼啦？我記得妳原先的口氣還挺大的嘛。」

「是。」

「妳有什麼話想說嗎？」

「──沒有。」

「妳就說吧。」

「一切都是屬下不好，是屬下無能，屬下對不起您。」

女子頭也不抬地對少女這麼說。

這樣的姿勢表示她十二分地明白，自己沒資格面對這個頭頂月光，背臨水池的少女。

女子已決定將自己的一切，奉獻給這位絕對的主人。

向前伸出的頭，即是獻上性命也在所不惜之意。

「屬下已經羞愧得恨不得當場把頭割下來向您謝罪。」

「嗯──？」

「愛歌大人……」

「沒關係啦，我一開始就知道會這樣了。魔法師布置的『陣地』很強，要到他主人身邊嘛——」少女淺笑道：「以妳來說恐怕很不容易。妳是很可愛，不過想正面突破還是有點難度。不說這個了。」

少女保持笑容，繼續說下去。

淺笑，跟著轉為真正的笑容。

女子能夠推測原因，也能輕而易舉地理解。

因為少女的唇以「不說這個了」起頭所帶來的言語，是關於他(劍兵)的話題。女子早已認清，自己享不到少女的安心、喜悅或愉快，那都是他所獨占的感情。

這令她嫉妒不已。

不過，女子只是靜靜傾聽。

因為僅僅是少女願意對她說話，有幸聽見那令人以為天使下凡的聲音，對她已是非分的榮幸。

「……然後啊，我還做了司康餅。我覺得這次烤得很好，可是他那個人喔，明明吃了一大堆，感想卻平淡得不得了，說來說去都是『好好吃、我很喜歡』之類的。雖然我一樣很高興，真的很高興，可是那樣……」那噘嘴生悶氣的模樣，就連女形妖靈(Jinn)（註：阿拉伯世界的精靈總稱，如神燈精靈）也望塵莫及。「一成不變，實在不是一件好事。不過當然，只要他願意誇我，我都很高興就是了。」

「屬下明白。」

「我和他以後應該會永遠在一起吧。」

「是。」

「所以啦，變化是可以調劑生活的辛香料，讓我們永遠都不會膩。」

自己想必也是如此。女子暗自心想。

只要開口，滿腔思緒即會泉湧而出。

差別只在於，少女的唇肆無忌憚地織出一串串的字，而自己只能緊閉雙唇，本質並無差異。對象是誰都好，就算是個人偶也無所謂。

反正，就只是訴說自身情懷而已。

儘管如此——

「對了，妳的魔力還夠嗎？」

少女忽然這麼問。

就像是問一頭飢腸轆轆的瘦犬肚子餓不餓一般。

女子的唇不禁鬆開。

但她沒有說話，默默遞出手裡的東西。

那是一枝口紅。
已全部用盡的「鮮紅口紅」。

沒有魔力，他們就無法存在。
換言之，沒有主人，他們就無法存在。
除主人外，還有一項魔力來源——
那就是人類的靈魂。
他們能藉由「攝取」人類靈魂，補充魔力。
魔術師不受人倫所束縛。
因此，「攝取」靈魂並非禁忌。
但若不知節制，容易洩漏神祕的存在。

千萬銘記。

（摘自某冊陳舊筆記）

「看來是沒問題，呵呵。」

少女接過口紅。

對服侍她的女子微笑。

「妳好棒喔，能把自己餵得這麼飽。很好很好。」

並以白得彷若虛幻的手指溫柔地「撫摸她」。

褪下兜帽，撫摸她的髮、她的頭。

女子的身軀不禁一搖。不，是震動。

不是因為寒冷。

不是因為恐懼。

是喜，是悅。獲得觸摸的感動，使她如此反應。

這名少女竟能如此輕易地碰觸這副指甲、肌膚、體液，甚至連呼吸都能構成「死亡」，如今已堪稱「寶具」的身體。

而且沒死、沒倒地，就連一點痛苦的樣子也沒有。

儼然是個以沙条愛歌之名降世，君臨萬象的奇蹟。假如世上真有所謂命運，那麼死於遙遠過去的自己能在獲得這副暫時的身體後與她邂逅，必定是命運的安排。

女子如此確信。

這光輝燦爛的少女。

獨一無二，宛如懸空皓月，撕裂應是絕對黑暗的夜。

是首位成為女子之真主，令她奉獻一切，足以「依附的對象」。

女子不禁顫抖。

在其認定為唯一真主的少女撫摸下。

「好棒好棒喔。」

——光是像這樣讓她撫摸。

「妳真的好棒喔。」

——就全身發燙，彷彿沸騰。

「好棒好漂亮，而且又很可愛。」

——自從日前，在池袋與她相遇那晚至今。

「我對妳期待很高喔。」

——自己始終對這光輝萬分恭順。

「所以，妳要再加油一點喔，刺客。」

少女薰然微笑。

即使沐浴在星月交映下——

也絲毫不減其燦爛的光輝。

Little Lady ACT-5

——水滴，水滴，水滴。

——無數水滴從傾斜的澆水器流瀉而下。

手上的重量逐漸減輕。

植物園蒼鬱茂盛的綠叢底下，水漸漸滲入土中。

沙条綾香看著手和地面，輕吁一口氣。白白的。太陽都快爬到最頂端了，空氣依然冷冰冰。從一旁玻璃牆透來的陽光也感不到絲毫暖意。

平時做完晨間日課後，綾香都會替植物澆水。

今天時間有點晚。

今天……也晚了。

「該多做點功課嗎……」

是否該再多做點魔術的功課呢？

綾香這麼想了一下。

但想了也沒有答案。

她認為該做的事不只一項，且都是做功課。做魔術的功課，做學校的功課。父親平時百般叮嚀，說兩樣都不可或缺，綾香也總是漠然接受父親的話。

生在魔術師家系，當然得做魔術的功課。

身為現代人之一，當然得做學校的功課。

兩者皆為必要，兩者皆是理所當然。

即使「老師不在身邊」——

「……」

綾香向周圍掃視一眼。

在幾步路的距離外遊盪的幾隻鴿子，喉嚨咕嚕嚕地發出隱晦的聲音，往這裡窺探——的樣子。窺探？真的嗎？也許是錯覺吧，鴿群似乎在綾香的動作或言語中期待著些什麼。

「不行啦……」

綾香小聲呢喃。

「剛才不是餵過了嗎……」

回答她的是幾個叫聲和動作。

就像在說：「不知道，我沒吃到。」還歪著頭。

「呼……」綾香不禁嘆息。都破戒和牠們說話了，卻得到這種反應，讓綾香想不甘心也難。早知道就不理牠們了。

「真是的。」

這嘆息的對象不是鴿子，而是自己。

接著將輕得已經能單手拿的澆水器，同樣小心地雙手捧住。

因為綾香不想再犯那種錯。昨天，她替植物園茂密的綠樹與花朵澆水時，漫不經心地抱著水越灑越少的澆水器，沒注意到重心漸漸改變，不小心手一溜就潑得全身都是冷水。而且不只一次，多達三次。

這不是技術好壞的問題——或者說，是自己「說不定會出事」的壞預感靈驗了。

一定是自己太笨手笨腳。

若非這樣，那昨天真是太過粗心。

所以，今天不可以再失敗。

無論笨拙還是粗心，人必須在失敗中學習才行。父親總是告誡綾香，必須意識到失敗是成長的絕佳契機。他究竟說了多少次，自己又點頭答是了多少次呢？

不能疏忽。綾香兩手抱緊澆水器，倒完最後一滴。

「嗯。」

然後點個頭，回到供水區。

刻意無視以為她澆完水而聚來的鴿子。

將水管拉進澆水開口後扭開水龍頭，來自流過水管的聲音與注入澆水器的聲音隨即響起。同時，還交疊著鴿子的鳥囀聲。

植物園的隔音似乎做得很好，聽不見車輛引擎聲等室外聲響。

彷彿置身於森林中——

儘管綾香不知道真正的森林是何模樣，也依稀這麼想。

過了一段時間，才發覺森林不會有水管或水龍頭。

「……今天也沒人嗎……」

忽然間，有陣低語。

聲音小得幾乎要被逐漸填滿澆水器的水聲打消。

「爸爸……」

一早就不見人影。

昨天也一樣。

「姊姊……」

昨天早餐上，姊姊愛歌又沒露臉。

今早也一樣。

「因為那是很重要的儀式吧。」

執行於這個東京的大規模魔術儀式。

據說，那是通往魔術師大願之路。

不僅是沙条家，那從古至今都是魔術師無不企盼、渴求，伸長了手追尋的壯闊夢想。為了能夠實現，說什麼也得完成這個儀式。前天夜裡，父親對睡意尚濃而搖搖晃晃的綾香說了這樣的話，還摻雜了些「自言自語」。

重要的儀式。

父親和姊姊都參加了。

那我要做什麼？當綾香這麼問時，父親搖了搖頭。

雖然妳不需要參加儀式，但這段時間，妳還是跟學校請假比較好。

他這麼說之後——

「要休到什麼時候啊……」

昨天、今天。

連續兩天都沒上小學。

一直待在家裡。

因為父親吩咐，不能踏出大門半步。

問他為什麼，他卻說了一堆因為戰況趨勢比想像中更加混亂，有參加者（Master）退出，必須提防刺客，玲瓏館似乎已經發覺等，很多聽不懂的「自言自語」，沒有清楚回答綾香。

雖然覺得奇怪，綾香仍然「嗯」了一聲就聽從父親的要求。

也不是第一次向學校請假了。

她曾因為發燒到下不了床，或由於晨間日課上得太久——應該說是綾香自己太笨拙，把時間拖得太長而沒法及時上學，類似的情形發生過不少次。每當這種時候，父親都會向導師聯絡，所以這次應該也是如此。像日課拖久了的時候一樣，隱瞞魔術的事。

對於父親如何向導師解釋，綾香有點好奇。

真正發燒或感冒而請病假時，班上同學會替她送講義過來，或是找幾個好朋友一起來看病；但因為魔術練太久而請假時，誰也不會出現。然而隔天進教室時，班上同學還是會問她

「有沒有好一點？」就像發燒或感冒時一樣。

該不會是用了魔法的緣故吧？

到底是為什麼呢？

搞不清楚。想直接問，父親又不在。

到了晨間日課時間也見不到他。昨天和今天都是。

早餐在冰箱，午、晚餐自己微波冷凍食品來吃——今天餐桌上擺了這麼一張字條，和昨天一模一樣。

綾香不怎麼喜歡冷凍食品。

不過，冷凍的焗烤麵還算喜歡。

不過，老是吃那個就有點厭煩了。

「吃完午飯以後……」綾香對腳邊鴿子說話般自言自語：「要做什麼好呢？看電視怎麼樣……」

每天都能看教育頻道的木偶劇節目，讓綾香高興又開心。

可是見不到同班同學，又覺得有點寂寞。

見不到父親和姊姊也很寂寞。

請假不上學、父親或姊姊因某些理由出遠門都不是第一次了。尤其是父親，其實常為

「工作」離家好幾天。

但同時發生就很稀奇了。

向學校請假，獨自待在看不見任何人的家裡。

平常在日課後就要替植物園快快澆完的水，像這樣慢吞吞地一直弄到中午也不會捱罵。

因為家裡只有自己一個人，不會惹任何人生氣。

「……聖杯戰爭。」

綾香扭停快溢出澆水器的水，喃喃這麼說。

聖杯戰爭——前天夜裡在父親自言自語時聽見的詞。

重要的儀式。

魔術師的大願。

聖杯戰爭。

詳情如何，綾香不懂也不知道。

然而她仍有所感覺。

一些些的不同——

例如姊姊。
愛歌姊姊。
比以前更閃耀，更美麗了。

例如父親。
爸爸。
和姊姊不同，變得有點可怕。
父親居然會自言自語。
在那次之前，一次也不曾見過。

聖杯戰爭。
是一場廝殺。

成為主人的魔術師，將活在生命威脅之下。
非得驅使魔術奧祕，活用使役者，生存到最後不可。

聖杯戰爭的「落敗」條件共有兩項。
一是喪失自身生命。
一是喪失使役者。

即使能維持自身生命，一旦失去使役者，也就失去了爭奪聖杯的權利。
但是失去自己的使役者也不能鬆懈。若不立刻向聖堂教會派出的「監察者」尋求庇護，
遭到其他主人殺害的可能性仍是十二分地高。

守護自身生命。
守護自身家系。
連綿的魔道絕不可斷。

必須善加利用「工坊」。

若是魔術技術高超的工坊，能對使役者產生一定的防阻作用。

另一方面，保持與平時無異的生活，也有助於保護自己。

與外界常有交流的魔術師突然將自己關進工坊，很容易被人發現是參加了聖杯戰爭的主人。

不過，當聖杯戰爭來到中盤。

各個主人很可能已經掌握其他主人的底細，這方法將會失效。

攻守必須兼顧。

同時守住家系血脈。

兒子也好，女兒也罷。

延續魔術研究，延續魔術迴路，保護自身家系的繼承者。

若情勢所逼——

也要勇於使用陷阱。

（摘自某冊陳舊筆記）

東京西部，奧多摩山區中。

遠離登山道的林縫間，發生了一場誰也沒看見的死鬥。不，正確來說，這情景映入了飛翔在灰色天空中的鳥兒眼中。一名身披白銀與蒼藍鎧甲的騎士，在接連傾注的死亡之顎中不時穿梭，不時揮斬擋架。

那立於山坡的騎士——劍兵，正「迎戰」凌空飛來的死亡大軍。

它們是勢將貫穿射線上任何一切的鋼之陣勢。

一枝枝的箭矢。

與他手中那看不見的劍相同，是現代戰場幾乎沒人使用的武器。

人類為奪取敵對之徒性命而使用的道具之一。

拉緊弓弦，擊出架於弓上的箭，刺穿遠距離外的目標，將其殺害。

一呼一吸之間，就有二十發之多。

那不是尋常的招式。說穿了，施展這種攻擊的絕非常人，必定和劍兵一樣，是超乎人知的人物。稱他們為神祕最極致的一端或許也不為過。那是使役者所使出，甚至抹殺物理法則的懾人絕技；其放出的箭矢伴隨超乎常理的速度與威力，刨削著奧多摩山區。

在堅實的樹幹上貫出圓形孔洞。

轟潰土坡。

擊碎小型岩塊。

全都是同時且複數發生，約二十發。

劍兵只能憑藉箭鏃的細微反光與掠風聲，應對這每一枝死亡之箭。

主要是靠他敏捷的步法。避無可避時，則以看不見的劍揮斬，砍不完的再以鎧甲彈開。換個角度，也能說是擊中了鎧甲吧。以魔力創造的白銀裝甲，尤其是厚實部分也足以防禦排山碎木的死亡之箭。

縱然他擁有極為敏銳的視覺，卻也看不見射手（弓兵）的身影。

由箭矢來向，固然容易判斷射手位置；但射手似乎是在山中高速移動的同時對劍兵連續放箭，每次射擊都來自不同方位。

「……他和崔斯坦閣下交手，不曉得是誰勝誰負。」

擋下幾次射擊後，劍兵短暫喘息。

並稍稍回想曾與他齊聚圓桌的一名騎士的名字與形影。

那名能夠自在運使多種武器的「騎士」當然也優於弓術；在獵場展示的「必中之弓」也是誠如其名，不折不扣的絕技。

若與如此一次擊發大量箭矢的招式較量，究竟是哪把弓會勝出呢？劍兵身為一名曾與他「並肩作戰」的騎士，心中自然湧現這般好奇。但遺憾的是，現在沒有為那種事挪用心神的餘地。只能讓這個想法停留在腦中一隅的某個小小角落。

臨戰者當全心向戰。

讓自己成為單純的戰鬥機器，為此役帶來勝利。

那就是自己的使命。

那就是揮劍迎戰的意義。

『要是覺得危險，就馬上逃走。』

不久前，愛歌這麼說。

劍兵記得清清楚楚。

『你只要替我拖住弓兵就行了。』

踏入山林之前。

劍兵的少女主人這麼說之後，沉下臉來。

寶石般通透的蒼藍眼眸盈盈含光，美麗臉龐乍顯悲色。

少女對自己無法守住「不想讓你受傷」這句話深感憂慮。但是，劍兵絲毫不以為意。

相反地，還能說正合其意。

身為使役者，豈能不成為主人的刀刃，上場殺敵呢？

正如同為君主馳騁戰場的騎士一般。

那麼，少女這次所說的話——

拖住弓兵就行了。

很好，已確實領受主命。就拖給妳看吧。

哪怕上百上千——甚至上億的箭暴降而來，也只要撐過去就行了。

劍兵架持佩劍，用的是單手。若不必斬殺逼近的敵人，純為擊落飛來的箭矢而揮劍，單以右手握持較為適當。考慮到隨時可能發生意外狀況，是該空出左手。

而位置是停留於山坡一處，持續應付對手的射擊。

面對間隔幾秒襲來的鋼矢陣仗。

不驚不險地閃躲、彈擋。

當身體已習慣迴避與防禦時，箭矢忽然停了。等了幾秒也不見下一擊到來。難道對方放棄以目前距離進攻？不，應該不會有這種事。使役者特有的氣息仍在這山中濃烈瀰漫。

於是劍兵保持架勢，毫不怠慢地等待。

不久——

天空染成一片漆黑。

那並不是憑空冒出了一朵黑色雨雲。

而是幾乎掩蓋整片天空的——

箭矢怒濤。

死亡奔流。

鋼鐵豪雨。

「——有意思。」

以「雙手」緊握隱形之劍的同時。

劍兵短短低語。

我看見一名少女。

能說她可愛，也能說她美麗。

惹人疼惜——這樣的話也適合形容她。

那孩子在山中行走。

獨自一人。

沒特別做些什麼。

就只是做些對偶然發現，並停留在她指尖上的蝴蝶微笑之類的事。

「……♪」

還哼著歌呢。
會是來上山野餐的普通人嗎？
在這冷風颼颼，呼氣直冒白煙的時節？
我很明白，外表並不能作為評斷一名魔術師的基準。
但是，「她只是個少女」的事實使我的心隱隱作痛。
更令人在意的是——
她的表情，與她哼出的旋律。

恬靜，優美。

散發強烈的天真無邪。
全身上下都如此引人疼惜的女孩，會是這場「廝殺」的參與者嗎？
在這聖杯戰爭——

「找到了。」

被她看見了。

少女的確是往「這裡」看來。

幾個「難道」湧上心頭。

難道，她是主人？這麼年輕？

難道，隔了那麼遠也能看破遠視魔術？

難道，她也在找我？

「妳就是弓兵的主人吧，謝謝嘍。」

從她唇部動作，能看出她說的話。

這孩子是主人，不會錯。

必須立刻撤退。

若她的技術足以在這距離下察覺我的存在，要找出位置也是易如反掌。

但我卻動不了。

唇、腳，甚至眼皮都不聽使喚。
全身動彈不得。
問「為什麼」，會是一個愚蠢的問題嗎？

「謝謝。」

櫻色唇瓣再度織出言語。
謝謝。
少女為何向我道謝？
她正在對我說話，無庸置疑。
我卻不懂她的意思。
謝謝。
謝什麼？

「妳給了我和他出外野餐的機會，我真的很高興。」

他——

是指劍兵嗎？

野餐？她在說什麼？

「可是……」

少女表情忽然烏雲密布。

可愛面色驟然一改，染上濃濃傷悲。

「妳卻讓他遭遇那麼危險的事。」

眼瞳深處——

「妳要怎麼『補償我』？」

似乎藏有，某種東西——

「綾香，妳在這兒啊。」

時間剛過下午兩點。

綾香慢吞吞地以自己都覺得笨拙的動作，撕開和昨天午、晚餐同樣的焗烤麵的封膜，倒進耐熱盤裡，再一邊回想烤箱模式的用法，一邊和微波爐第三次大眼瞪小眼。

父親到廚房來了。

綾香見到父親出現在視線裡，不禁張大了嘴。

因為她以為父親根本不在家。還是說，自己只是沒發現他開門回家？姊姊也是嗎？那麼，應該是單獨待在不能進去的房間的「那個人」，說不定也——

「愛歌不在家，我等等也要出去。」

「是喔……」

既然這樣，就不用準備兩份焗烤麵了吧。

綾香這麼想著點了頭。

「有乖乖做功課嗎？」

綾香不懂父親說的是哪種功課。

學校的功課？魔術的功課？

「有啊。」只能含糊地這樣回答。

前者做得還不錯，後者感覺不怎麼行。因為這兩天父親都沒出現在晨間日課，綾香自己不太清楚該做些什麼。正確來說，只能靠自己去理解。

（會被拆穿嗎？）

原以為父親會挑出她摻在話中的謊言——

「這樣啊。」

卻只是短短地點頭這麼說。

什麼也沒有多講。

「現在才吃午餐，也太晚了吧。」

「嗯。」

「我不是有寫紙條，交代妳要準時吃飯嗎？」

「對不起，我忘記吃了……」

綾香在這裡也撒了謊。

其實，她想等父親或姊姊回家再一起吃。

因為一個人吃微波食品，一點也不好吃。

等到再長大一點，可以做更多家事，連做菜也沒問題之後，一個人吃飯會比較好吃嗎？

「妳去擺盤子。」

「咦？」

「回答要說『是』，綾香。」

「呃，是。」

綾香就這麼依父親吩咐自個兒進餐廳，淋濕抹布擦桌子，從餐具櫃拿叉子。由於不曉得父親怎麼想，便準備兩份，也拿了兩只杯子擺到桌上，倒入牛奶。

不久，廚房傳來「叮」的一聲。是微波爐的聲音。

父親端著兩個裝焗烤麵的盤子走進餐廳。

（啊，要一起吃。）

父親和自己，一起吃冷凍的焗烤麵。

兩個人一起吃，味道——

並沒有什麼差別。

和昨天午、晚餐一樣，就是冷凍食品。

「姊姊呢？」

綾香吞進一口麵，嚼了嚼後嚥下去。

接著小聲地，怯怯地這麼問，但沒有得到回答。餐廳靜悄悄的。

抬起盯著焗烤麵的眼後，發現父親表情有點怪異。

臉上布滿平時沒見過的表情，看著綾香。

「爸爸？」

怎麼了？

從沒看過父親這樣的臉。

眼睛深處好像還有另外一個人，感覺很詭異。表情、五官、眉目……

忽然，有種「怪異」的感覺從背脊竄上來。和幾天前，看見姊姊微笑時的感覺很類似。

好冷，一直冷到心裡，毛骨悚然。

「愛歌她……」父親欲言又止地中途閉上嘴，頓了一下才說：「那個儀式，現在來到非常關鍵的時期。妳千萬不可以對那個說話，也絕對不要靠近後面那間房間。」

「嗯。」

後面那房間——果然有人。

得到了一些解答的綾香點點頭。

不能進去的房間之一——後面那間房裡一定「有人」。綾香會這麼想，是因為她就是有這種感覺。起初她還沒發現，直到幾天前深夜起床上廁所時，發現走廊上有人影掠過。

那背影的身材，與父親和姊姊都不同。

但他不認為是小偷。感覺對方不是那種壞人。

（會是和聖杯戰爭有關的人嗎？客人？）

綾香很想問。

那個人是誰？

為什麼會在後面那間房間裡？

爸爸和姊姊都見過那個人嗎？

綾香很想說、很想問，但開不了口。

因為父親臉上還些許殘留著那種沒見過的表情。

她「害怕」得不敢問——

「不知道姊姊最近好不好？」

只有這句話，喃喃地流出唇間。

那不是自然說出口的話，而是為了說些什麼而擠出來的話。綾香很想刨開貼在父親臉上的怪異表情。

假裝轉頭回去看焗烤麵，眼裡仍窺視著父親的反應。

窺視他表情和眼裡的感覺。不行，還是很奇怪。

「這個嘛……算了，沒什麼。愛歌不會有問題，她即使面臨這成就大願的儀式也沒發生任何問題，妳不用擔心。」

「這……這樣啊……」

「會有什麼問題呢……」

父親似乎還想說些什麼。

可是他沒有繼續說下去。至少，沒有對綾香說。

「問題？她怎麼會有問題，簡直順利過頭了。什麼都心想事成，連聖堂教會都覺得不可思議，我當然也這麼覺得。為什麼那個什麼都辦得到？我知道那個有天賦之才，甚至受到了魔術的恩寵、神祕的厚愛；但就算這樣，以血肉之軀還能對使役者那麼地……從那個的樣子看來，恐怕已經發現了大聖杯位置所在。怎麼會？是什麼時候，怎麼發現的？那個連我從沒教過，不存在於沙条家系的那麼多祕儀都能兩三下就精通……」

綾香完全聽不懂父親在說些什麼。

那全是父親的自言自語。

她實在不想聽。

因為無視眼前家人，不停唸唸有詞的父親，感覺真的——

——無比詭異。

我喜歡爸爸。
非常喜歡。
直到今天，我都覺得爸爸應該也很喜歡我。

不對。
現在也是這麼想。
現在的我也好喜歡爸爸。
只是覺得有點可怕。

就只有這樣。
嗯，就只有這樣。

所以，我要等他恢復正常。
等他不再自言自語，變回原來的爸爸。

明明吃的是和昨天同樣的焗烤麵，卻不知為何沒有味道。
咬都咬不爛，像橡膠一樣。
總算吃完以後——
爸爸終於恢復平常的表情。
變回沉穩、嚴肅，對我有點嚴厲的爸爸。

「桌子我來整理就好，爸爸還要工作吧……」
「不用，晚點再收沒關係。」
爸爸以平常的表情說。
語氣很平靜。
「我們去植物園。綾香，我有些話想早點跟妳說。」

什麼話？

我歪起頭試著問：「要說什麼？」

爸爸牽起我的手就離開餐廳了。

我們一起走過走廊。

咦？咦？

爸爸像這樣跟我手牽手是非常難得的事。印象中，在很小很小的時候，爸爸還會牽我的手，但至少上小學以後就再也沒牽過了。

我們一直走到底，開門來到室外。

走過穿廊，打開另一端的玻璃門，到達目的地。

植物園。

幾乎耗掉我整個上午時間的我家庭院。

包圍在玻璃製成的牆和天花板中，充滿綠樹和花草的地方。

我每早做日課的學習園地。

「誰也破不了這裡的術式。要是有個萬一，妳就躲到這裡來。」

「萬一？」

「萬一就是萬一。無論做事再怎麼小心謹慎，還是可能發生危機的意思。」

「？」

聽不太懂。

我抬頭看看父親。

和他的話一樣，我也不太懂爸爸的表情。

因為天上雲很多，但還很亮，爸爸背對穿過玻璃天花板的光，臉黑黑地看不清楚。

「我一直沒告訴妳，其實這裡的每個角落都是媽媽打造的。」

「這……這樣啊。」我就知道，果然不是爸爸。

「對，這都是『為了妳』。」

「咦……」

我不禁歪了頭。

我一直以為這裡——

植物園，是為了學習魔術而建立的地方。

為了沙条家的魔術。

因此，當然也是為了將來會繼承家系的姊姊而建造。

「那姊姊她……」

「愛歌應該不需要這裡吧。媽媽一定也早就知道了。」

媽媽也知道？

早就知道什麼？

「所以，綾香……」

爸爸的手按上我的肩膀。

「這裡是妳的東西了。」

並有點用力地抓著。

「只屬於妳一個……」

爸爸又對我說了幾句話。
接下來——

關於植物園的事。
媽媽的事。
還有，「我的事」。
我「嗯」地點頭了不曉得多少次，不過還是不太懂爸爸的意思。
可是，儘管如此。

我還是明白。
爸爸……變得有點可怕的爸爸——

其實一點也沒變。

我相信，他很快就會……

等那個重要的儀式結束以後，他一定會真正變回原來的爸爸。

「離弦的箭，是不會回來的。

抽箭上弓，拉緊弦射出去，豈有挽回的餘地。」

弓兵(Archer)如是說。

面對至今仍嗚咽不已的主人。

『■■■■■■■■——！』

狂戰士(berserker)對高掛天空的明月厲聲狂嘯。

在堅如要塞的魔術之園正中央。

「好心人、老實人，身穿白銀鎧甲的你啊，即使被我這把槍奪走性命，也不會有任何改變吧。」

槍兵(Lancer)低聲呢喃。

胸中熊熊火焰，燒得她焦躁難耐。

「我的主人，這一切的一切都是為了您……」

刺客暗自囈語。

今晚，也不斷地跳著死亡之舞。

「哈哈！逃吧，跑吧，跳吧！

盡量掙扎！哭吧，叫吧！

你們三騎，全都註定被余之神光燒得屍骨無存！」

「王」高聲呼喊。

鎮坐於飄浮月夜的金船，以如同陽光的炙熱燒灼地面。

箭已離弦。

死戰，早已趨近白熱化。

大聖杯。

願望機無情地不停運轉。

旋弄著眾多悲劇。

——承諾之時已然逼近。

——聖杯戰爭越演越烈，蹂躪東京的黑夜。

Little Lady ACT-6

那是記憶。

是最後一次見到那個人的，那一早的記憶。

「好啦，我走嘍。」

姊姊這麼說後，兩手空空就要出門。

父親早就離開家，不知道到底去了哪裡，不過他一定從昨晚就沒回家。沙条綾香平淡地這麼想。姊姊和父親參加的儀式有太多祕密，年幼的綾香全聽得懵懵懂懂。

這也是沒辦法的事。

因為自己和姊姊不一樣。

特別的姊姊。

美麗的姊姊。

姊姊——沙条愛歌。

光是沿走廊走到玄關的這條路，對，就和綾香完全不一樣。

窗戶射進的朝陽，閃亮亮地灑在燦爛的姊姊全身，使她宛如童話中的公主、妖精，或是更為尊貴的「某個人物」。就連上小學前，父親替綾香讀過好幾次的那本圖畫書裡，也找不到那麼耀眼的人，她自己看的外國動畫電影也沒有。

和自己實在差太多了。

平凡。

凡人。

綾香覺得，這類的詞還比較適合自己。

剛好，她前不久才在小學國語課上學到「平凡」這個詞。見到老師以粉筆寫在黑板上，並口頭解釋後——儘管她知道這個詞的意義，但仍不禁有「啊，原來如此」的感覺。

老師親手寫下的那兩個字，指的就是自己這種人吧。

——做任何事都能快速熟練的姊姊。

——就連一種黑魔術也熟練不了的自己。

父親曾說姊姊在八歲，和自己相同年紀時，已至少精通了兩種系統的魔術。

這讓綾香聽得雙眼滿是憧憬，脫口說出：「我也可以嗎？」忘記是去年，還是前一陣子的事了。結果父親默默搖頭告訴她：「那是特例，妳就專心鑽研沙条家的黑魔術吧。」

起初，綾香還質疑自己說不定是個天生差人一等的孩子。

每當她這麼想，總會變得沮喪、悲傷、慚愧、失眠，失去對時間的感覺，在隔天的晨間日課遲到二十分鐘以上。

可是她很快就發現事實不是那麼一回事，而這也是個令人遺憾的發現。

父親說得沒錯，姊姊真的完全是個「特例」——

同時，自己不過是個極為普通平凡的，魔術師家系的子女。

「精通一種系統的魔術」說起來簡單，但實際上，就算是完整繼承了烙於血脈中的自家家系魔術迴路，耗費一生學習、研究，都不一定能精通一種系統。

這就是普通人，一個平凡魔術師的人生典型。

——無論再怎麼企求。

——我也絕不可能達到姊姊那般的成就。

絕不可能。

結局早已註定，無可奈何。

那樣想不是一件好事。

所以，綾香今早也沒有那種念頭。

姊姊就是如此美麗、耀眼。即使見到沙条愛歌這般沐浴在閃亮陽光下，優美地舞動著穿過走廊的人形光輝，愛歌也絕對沒有「希望能變成那樣，好想成為迷人的女性」之類的念頭，想也不敢想。

就只是注視而已。

猶如爬地的蠕蟲，仰望空中的飛鳥。

猶如無數魔術師，迷戀萬象根源。

「愛歌姊姊……」

綾香慢慢唸出姊姊的名字。

玄關的大門已近在眼前。

過了這扇門，姊姊就暫時不會回家。前不久，兩人一起吃早餐時，姊姊若無其事地這麼說。綾香當時也說不出「這樣啊」之外的話，不過到了玄關前，「啊，我馬上就要真的『孤伶伶』一個人了」的想法油然而生——

讓她自然地開了口。

聲音、話語，細小但順暢地流出唇間。

「姊姊，妳要走啦……」

「呵呵，怎麼了嗎？」

輕飄飄地，姊姊轉過身來。

那背對沙条家玄關大木門的身影，彷彿是個即將前往充滿神祕奇妙事物的怪異世界(Wonderland)旅行的童話故事女主角(Alice)。

姊姊側著頭，繼續說話。

聲音如風鈴般優美。

「綾香，妳不是小學生了嗎，一個人還會怕寂寞呀？」

「……我才不寂寞。」

「姊姊不喜歡說謊的小孩喔。」

「有一點。」綾香聲音突然降得很小，低下了頭。

「呵呵，好棒好棒。對，不可以說謊喔。」

那也算說謊嗎？

可是，自己的確有點孤單，真的有這種感覺。

寂寞。一個人看顧那麼大的家，很寂寞。明明即使姊姊在家，一起相處的時間也不怎麼多。印象中，在這場魔術儀式——聖杯戰爭開始以前，也不是每天早餐都會見面。但是，現在卻覺得寂寞。

家裡某個地方，有姊姊、有爸爸，還有另一個沒見過的人，跟家裡完全沒有人，一個人看家，感覺還是不太一樣。

該怎麼說才好呢……

綾香仰頭看著姊姊，默不出聲。

縱然獨自看家很寂寞，綾香也說不出「留下來陪我」。

因為這是不應該的事。姊姊出門是為了進行重要的儀式，怎能因為寂寞就留住她？

「我很高興妳這麼『親近』我喔，綾香。很好很好。」

姊姊伸出手，撫摸綾香的頭。

「好棒好棒喔。」

這麼說著，反覆撫摸。

在綾香記憶中，自己應該是第一次讓姊姊摸頭，卻彷彿早已熟悉她的動作，頭不禁偏過去。為什麼會這樣呢？

「可是不行。我該到大聖杯那裡去了，為了那個人。」

姊姊臉上泛著笑容——

「妳也會有明白我心情的一天嗎？」

──閃耀，絢爛。

「為了某個人做一件事，思慕某個人的心情。」

──看，簡直就是個公主。

「也就是，戀愛的心情。」

──這麼說的姊姊，比任何人或任何事物都還要美麗。

「在那一刻，世界就會開始以妳為中心繞行喔。」

思慕某個人，戀愛。

綾香認為，姊姊說了很棒的話。

從如此光彩奪目的姊姊唇間發出的聲音、言語，比窗口透來的明亮陽光不知耀眼多少倍。啊啊，太神奇了。綾香為之傾倒。在那言語和微笑的光輝震懾下，她沒有任何其他思考或想法。

戀愛的心情。思慕。

因為，那是即使會說會寫也無法實際體會的感覺。

於是——

「所謂的真命天子——」

——綾香聽著姊姊優美的聲音。

「是真的存在喔，綾香。」

——不禁別開眼睛。

「那個人……會讓妳情願奉獻一切，甚至生命。」

——姊姊的光輝，照耀得她無法直視。

「而我啊，已經有一個真命天子了。」

姊姊全身散發著閃亮光輝這麼說。

若是平時，自己只會看得出神。

但不知為何，總覺得有團難以言喻的灰色霧靄，在胸中緩緩旋繞起來。為什麼會別開目光呢？是如此燦爛的姊姊，全身上下都太過耀眼，還是因為其他感覺？

綾香無從分辨。

面對如此光輝四射的人，「為何會感到不安」呢？

奉獻，生命。沒錯，因為她說了這種話？

「姊姊……」

——綾香低著頭，吞吐地問。

「妳不會……死掉吧？」

——視線始終低垂。

「妳會回來吧？會回家來陪我吧？」

——對姊姊央求，如祈願一般。

「……我還……見得到妳吧？」

一字一句地，慢慢說。

沒察覺這是最後一次。沒有抬頭，沒有直視姊姊。

因此，她也沒有發現。

沙条愛歌下一句話中——

正確而言，是回話那一刻，那短短的一瞬之間究竟藏了什麼。至今一直都存在於他們眼前的隱約端倪，在這時已具有明確形體，藏在她的言行之間。

沒有發現——

「不會。我想，不要見面應該對妳比較好。」

——那優美的韻色、音調、聲律。

「但話說回來……」

——那神祕繚繞的聲音。

「既然妳這麼親近我……」

——每句話都彷彿向她溫柔擁來的姊姊——

「要是我哪天改變心意，可以讓妳『派上用場』。」

——究竟是作何表情。

直到最後。
沙条綾香都沒發現。
至少這天，這早，這時。
仍舊「沒能發現」。

聖杯戰爭。
關於其終幕概況。

聖杯將以七騎英靈（Servant）的性命為燃料而啟動。
就儀式預設結構而言，只有一名魔術師能夠勝出，不該有其他形式的勝敗。

但若無視勝敗，可能導致別種結局
也就是，當所有主人全部落敗，或者放棄聖杯戰爭參加權的情形。
我們魔術師無不窮極畢生所能追尋萬象根源，面臨聖杯戰爭這絕佳機會卻選擇放棄的可能性當然非常低。因此，這裡單純說明可能狀況。

落敗：
絕大多數情況下，伴隨著魔術師的死亡。
請參照別項記述。

棄權：
向聖堂教會派出的監察者宣告棄權後，始得成立。
請參照別項記述。

落敗或棄權之結果：
萬一，發生主人人數減至零的狀況。
將導致「無人勝出」之結局。
沒有任何人得以成就我等大願，只能等待機會再次降臨。

然而——

（摘自某冊陳舊筆記）

那是，記憶。
最後一次見到那個人的，沙条綾香（我）「八年前」的記憶。

最後——？

不，錯了。

那只是一時的別離。

真正的「最後」，在那之後找上了我。

那是我現在只能想起零碎片段，且不願回憶的記憶之一。

重要的魔術儀式，八年前的廝殺。

魔術協會與聖堂教會所聯手進行的第一次聖杯戰爭。

我對此的記憶模糊不清，尤其是——沒錯，最後的部分，比支離破碎還要糟糕。

但是，其中仍有清楚記得的部分。

看，就算我不願想起，它也會擅自冒出來。

墜入睡眠後，還會夢見它。

啊啊，能不作夢該有多好。

這是一個無法實現的小小心願。

無情的睡神，總會像這樣強迫我回顧這些記憶的碎片。

最先是八年前那一早的記憶。
姊姊（那個人）與我的別離。
最後是八年前那結局的記憶。
愛歌姊姊與我，真正別離的瞬間。

——在陰暗、漆黑的東京地下深處。

立體魔法陣。
在「大聖杯」中盪漾的黑色物體。
排列得密密麻麻的祭牲。
接連墜落的——無數少女。
平凡無奇，接連消耗的生命，生命，生命。

某人的笑聲。
某人——
大概……對，「我想」，那是爸爸的笑聲。

「大家都要保持禮貌慢慢排隊，只有綾香一個有特權喔。」

某人說話了。

「妳現在就掉下去，成為材料吧。」

那是我熟悉的聲音。

「畢竟凡人就只有這點利用價值嘛。」

那一定是……爸爸的聲音。

「——這是什麼意思！」

爸爸的叫聲。討厭，不要啊，爸爸。

「妳這凡人！凡人！凡人……！」

不要。為什麼要說這種話？

「我選妳真是犯了大錯。」
為什麼要那樣大叫？
爸爸。
放開我。很痛。不要，不要。
我也會掉下去嗎？掉進那裡？
後來，我的意識帶著絕望變得一片漆黑。
驟然一轉——

我「什麼也沒看見」。
因為，我應該是在感到某種東西噴到臉上之後才恢復意識。
是的，我睜開了緊閉的雙眼。

——肉塊。
——慘叫。
——腥紅。

接著，看見了。

不該看的畫面。

姊姊她，像在替我遮擋些什麼——

站在我面前，彷彿在保護我。

「姊姊？」

我當時有那麼說嗎？

也許我根本無法那麼說。

因為我發現了……是什麼噴上我的臉。

血——

噴到臉上的，是姊姊的血。

就站在我面前的姊姊。

無比美麗、無比耀眼，像公主一樣的妳。

胸口——刺出了某種東西。

那是，連同美麗黑翼圖案貫穿胸膛的——黃金之刃。

「某人」的劍，從背後貫穿了愛歌姊姊。

也就是說，噴到我臉上的是，啊啊——

是姊姊的——

閉起的窗簾縫隙間，穿來刺眼的陽光。

就在窗外的樹枝上，鳥兒們吱吱喳喳地報時。

是早晨的氣氛。夜晚的黑暗與冰冷彷彿幻象，不知消失到哪裡去了。入睡前應是「明天」的日子，已以「今天」的身分到來。

「唔～～」

沙条綾香揉揉沉重的眼皮，在柔軟的床鋪中醒來。

這醒來的感覺難過極了。

因為她作了個很糟的惡夢。

內容零碎，想不太起來，只知道八年前「那時候」的記憶在夢中重演。

（已天亮了吧。）

綾香在心中嘟噥之餘，向置於枕邊的數位鬧鐘伸手。伸出毛毯的右手，一把探進涼颼颼的空氣中。對於這種感覺，綾香也算喜歡。沒錯，傳遍體溫的被窩觸感、朝陽和鳥囀，都一樣屬於喜歡的那一邊。

但喜歡歸喜歡，冷還是冷。

儘管一把拉起毛毯蓋住頭，她還是忍下了睡回籠覺的慾望。

接著將數位鬧鐘拉到眼前。即使在日常生活中，不戴眼鏡也不會造成太大困擾，但這雙八年來視力惡化了不少的眼睛，裸視時連手邊的東西都看不清。近視就是這樣。

【１９９９】

綾香一如往常，對顯示西曆日期的螢幕瞥了一眼才查看時刻。

【ＡＭ５：59】

上午五點五十九分。

對社團活動需要晨練的同學而言，這時間並不算早。然而綾香雖沒參加任何社團活動，也必須在這時候起床。

「剛剛好……呢。」

綾香呢喃著按下停止鬧鈴的按鈕。

鬧鐘設定為上午六點〇分。

所以剛剛好，必須儘快下床。

綾香扭動身子爬出毛毯，又扭動身子脫下睡衣。

穿上昨晚睡前就準備好的高中制服，戴起擺在書桌上的眼鏡，在衣櫃邊的穿衣鏡前梳理頭髮。頭髮不怎麼長，很快就梳好了。沒問題，至少不會影響早餐時間。

每口氣都是白色的。

走廊的空氣比房間凍人得多了。

綾香快步走進洗手間，用冷到連氣溫都不值一提的水洗臉。

當然，她夾好了瀏海，沒有沾濕。

「呀。」

好冷。綾香嚇得叫出聲來。

雖覺得自己已完全清醒，卻仍能感到依稀殘留的睡意瞬時溜走。意識變得清晰。拿自己的毛巾擦乾臉上水滴後，綾香摘下髮夾，戴回眼鏡——

並不經意地，視線停在如今已不再使用的踏台上。

「……有空要記得拿去丟。」

喃喃這麼說之後，轉回鏡面。

理所當然地，自己的模樣就映在那裡。

瀏海沒有淋濕的，十六歲的自己。

和「那個人」實在不像。說得更明白一點——

「好平凡的臉。」

言語自然流洩而出。

戴眼鏡的女孩——鏡子裡的，就只是個隨處可見的不起眼女孩。

唯一可能接近那個人的部位，是照了光就會發亮的澄澈眼睛。但在眼鏡鏡片的遮掩下，散發不了任何魅力。綾香不禁這麼想。

這張臉，算不進喜歡的那一邊。

為何面對鏡中的自己，會露出戒心這麼強的眼神呢。

說不定是個性流露出來了吧。

自己的個性就是：陰沉、膽小、短視。還有——

「……啊，糟糕。快點快點。」

——幾近無可救藥的平凡。

綾香匆忙踏過走廊，開了門就直接穿過餐廳到廚房去。

「他」說做菜可以排班，結果讓他一做就堆得滿桌像山一樣，所以綾香想盡量自己來。他食量大是無所謂，若他以為自己食量也是那麼大，可就傷腦筋了。

綾香以昨天貼上ＯＫ繃的手指從冰箱取出幾種蔬菜，握起菜刀，從番茄開始咚咚咚地切起。

綾香認為，自己就只有切菜的手藝比小時候好。

不同的切法會造成不同的口感，與可口與否有直接關連。上了小學高年級以後，她開始注意到這點。對於這個發現，她實在驕傲不起來。明明「能煮的東西」有八成都是蔬菜，卻花了那麼多年才領悟。

「畢竟我真的很平凡。」

「早安，綾香。妳今天好像也起得很早嘛。」

突然有聲音傳來——

即使事到如今沒什麼好驚訝，綾香還是「哇」地叫出聲，嚇了一跳。

轉頭一看，「他」就在那裡。

——蒼藍眼眸，在某些光線下顯得碧綠的他。

——我的「使役者」。

「真是的……不要嚇我啦，劍兵。」

「抱歉，綾香，我沒有嚇妳的意思。我看妳那麼專心，才喊妳一下。」

「我只是在切菜而已。」

「嗯。妳真的很會用菜刀耶。」

他微笑著這麼說。

那張笑容和平時一樣。

有如在說「我會接受妳任何一切」的溫柔笑容。

窗口投來的陽光，彷彿在祝福他似的圍繞著，讓他閃閃發亮——這一定只是錯覺。他沒事也不會釋放魔力，也不是圖畫書裡的王子。

「……普通而已。」

綾香盡量擠出平常的聲音，低聲說。

專心做好眼前的烹飪行為，趕快結束吧。

並這麼想著，有條不紊地製作早餐。

生菜沙拉、荷包蛋、烤土司。聽他問：「沒有肉嗎？」就煎起事先準備好的香腸。

肉，鮮肉——

肉。綾香無法接觸會讓她感到是生物肉體的東西，她就是不敢。血也一樣。所以只有香腸。唯有這樣沒有肉感、血感，現成的肉類加工食品，她才敢處理。簡直沒資格做一名黑魔術師。貼在左手指的ＯＫ繃就是極佳的證據。

綾香也覺得可恥，但又無可奈何。

「好像很好吃耶。」

「我只是切開煎一煎而已。」

「單純的動作，反而更能顯現功夫有多純熟。無論是劍或菜刀，都是相同的道理。」

「……」

綾香刻意不回話，想將早餐排上餐桌，結果被他搶先一步。只能從冰箱拿出鮮奶，拿兩個杯子進餐廳，其他部分全都被他在轉眼間做完了。

「……謝謝。」

無言以對的綾香，姑且先道個謝。

接著不等他回答就到餐桌邊坐下，細小又含糊地說：「我開動了。」而他則是在綾香身旁大聲那麼說，隨後兩個人都開始吃早餐。先叉起一片番茄送進嘴裡，再將荷包蛋——

啊啊，又來了。明明想都沒想過。

綾香在心中嘆息。

老毛病又犯了，又煎成太陽蛋。

「對不起，我應該先問過你才對。」

綾香沒提及問什麼。反正他是「最優秀」的使役者，即使不明說也聽得懂。這和使役者與主人有魔力上的聯繫之類的無關，純粹是他善解人意，很快就懂綾香的意思。

像現在，他也絕對聽得懂綾香為何道歉。

「荷包蛋的兩種煎法我都喜歡，妳愛煎哪種就哪種，無所謂。」

「嗯……」

看吧，他就是懂。

綾香沒看他，對著菜點點頭。

（都喜歡啊……）

並在心中呢喃。不讓他的直覺發現，悄悄地。

其實自己喜歡的是雙面煎。不，那是過去的事了，現在其實連自己也不清楚究竟喜歡哪一種。因為每次都是煎姊姊喜歡的太陽蛋。

再說，小時候喜歡雙面煎，說不定是因為看姊姊那麼完美而起了小小的反抗心理，刻意和她區別的緣故。

這時——

綾香不自覺地看向窗口。

八年前，那個人在朝陽下翩翩起舞的地方。

「……我說劍兵……」

「什麼事？」

「你以前不是大姊的使役者嗎？在八年前的聖杯戰爭裡。」

「是的，愛歌當時是我的主人。」

「那大姊是個什麼樣的主人？」

純粹是出自好奇心。

大概是這樣吧。綾香猜測自己為何會這麼問。

其他還能想到的，是自己不喜歡沉悶地吃著飯，或是多知道一點聖杯戰爭的資訊也許會有幫助等理由。不過最接近的應該還是好奇心。突然想知道就問出口了。

「愛歌她……嗯，是個很優秀的魔術師。」他微笑著說：「非常優秀。我對魔術不是很懂，不過我想，她應該有一流以上的水準。」

「？」

話裡似乎有個地方不太對勁。

讓綾香不禁歪起頭：

「啊，之前你說過，你對上次那個第一次聖杯戰爭的記憶很模糊嘛。」

「啊……對，對呀。」

八年前，他也參加過聖杯戰爭。

聽說他當時是第一階的劍之英靈，成為姊姊沙条愛歌的使役者參戰，打倒所有其他六騎英靈。但當聖杯就在眼前時，「契約卻遭到毀棄」。

「是那時候的後遺症吧。你這次被召喚之後的記憶，沒問題嗎？」

「沒問題。只有八年前的記憶不太穩定，不用擔心。」

他對綾香點頭。

從上到下看不出任何不適。

他是個完美的人。人？不，英靈。來到我這個最低的第七階，權天使的主人身邊，誓言與我在這場聖杯戰爭中合力奮戰的第一階使役者。

他微笑的神情，宛如圖畫中的英雄般端整，容光煥發。

（咦？）

那是他平時的笑臉。

應該是這樣，可是剛才有那麼一瞬間——

寂寞、慚愧、難以自處的怪異表情。

就在我眼前，閃過他臉上？

「劍兵？」

「綾香，我可以問妳一件事嗎？」

「咦。喔，好。」

「妳對令姊，沙条愛歌是『什麼感覺』？」

姊姊——

愛歌姊姊。

她是個比誰都更耀眼的人。

在八年前的聖杯戰爭中，與你（劍兵）一同奮戰的人。

當時的我相當幼小，很多事到了現在已經記不得。但有些事，我每次都能清楚憶起。

例如……對了。

姊姊，其實我一直很——

——肉塊。

「對大姊有什麼感覺嗎？」

我——

「我……」

一直——

「……嗯。我一直都很喜歡大姊。

她無論魔術還是課業都很厲害，而且很漂亮。」

「大姊的頭髮，太陽一照就會閃閃發光。

那真的好美，好讓人羨慕。」

我沒有說謊——

——慘叫。

「雖然我們相處的時間不長，但是在一起的時候，她對我都很好。」

我沒有說謊。

沒有說謊。

真的。

——腥紅。

做什麼都很優秀的大姊。不，是姊姊。

美麗的化身，愛歌姊姊。

應該和爸爸一樣，對我很溫柔的人

疼愛著什麼都做不好的我。

「我很喜歡她。」

我又說了一次。

並嘗試微笑。

祈禱著，表情不會太僵硬。

希望只是我多慮。

對，那八成只是多慮。

這本筆記上記載的每條項目，都沒有任何意義。

因為不會有「第二次的聖杯戰爭」。

無論誰取得最後勝利，我的家系都不會與聖杯戰爭再有關連。

聖杯的奇蹟，不會再次發生。
一定會有一個人抵達根源。
然後，一切就結束了。

但是，倘若萬一。
監察官過去說溜嘴的話是事實，又會如何？

（摘自某冊陳舊筆記）

爾後——

爾後，少女來到植物園。
玻璃製的天花板和牆面，納入充足的晨光。
在光明之中，少女注視聚來腳邊的鴿群一會兒，想著自己手指上貼的ＯＫ繃，她抱起其中一隻。

少女想起過去。

喚醒如今已記不起多少的，八年前的記憶。

姊姊的記憶。

父親的記憶。

少女也思考起幾件事。

關於她只剩零碎記憶的那兩人。

以及從沒記憶的——母親。

「……綾香。」

最近已經熟悉的青年聲音從旁傳來。

他的身影就在植物園出入口的玻璃門邊。閃耀的陽光在他臉上拉出大片陰影，讓少女看不清表情。

他現在一定也在微笑。

少女輕輕放下她抱起的鴿子。

直直地對藍色眼眸的他頷首。

「嗯，走吧。」

——接著，踏出步伐。

——邁向一九九九年，再次於這東京展開的第二次聖杯戰爭。

（第一部〈Little Lady〉完）

Special ACT: Servants

一九九九年二月某日，上午八點二十五分。

東京都杉並區，某私立高中正門前。

眾多學生正湧進校門。

有人一面和同學聊天一邊走，有人對偶遇的朋友問好，有人對操場晨練的未來選手們揮手，有人只是兀自悄悄地穿過校門。

沙条綾香是屬於最後一種。

她很少和別人一起上下學。雖然會回應別人的問候，但不會主動從人群中找出熟人打招呼。操場只是她天天都會路過的風景之一，連看都不會想看。

因此今天也是一個人進校門，混在身穿同樣制服的同年代學生中。

向經過站在校門邊的生活輔導老師微微鞠躬致意，走向校舍門口。

不知是什麼時候開始——

選擇孤獨，變成一種自然的事。

即使生活中出現也許堪稱親近的人，也會保持一定的距離。

就拿現在來說吧。只要有心，一定能找到一兩個班上同學，有的還和她就讀同一所國中和國小，但她沒有那種心思。

綾香認為，這應該不算是「沒有朋友」。

能讓她那麼稱呼的人並非不存在。班上女同學中，有幾個比較會和她對話也聊得來。

（……嗯，幾個。）

綾香在心中低語。

不過，她也有朋友不多的自知之明就是了。

魔術師的宿命？

為了與世俗保持適切關連？

或許是，或許不是。然而總覺得讀小學時——具體而言是「八年前」，當時的朋友還比現在稍微多一點。

綾香很快就想到原因。

想起八年前，還在讀小學二年級的自己發生的事。

更正確地說，不是發生在自己身上，而是周圍。

八年前，一九九一年的東京所舉行的「魔術儀式」，最後奪去了她的父親和姊姊，使得綾香生活的種種幾乎一夕之間全變了樣。

（聖杯戰爭。第二次，為了成就大願的大規模魔術儀式。）

儀式名稱浮上腦海。

平時明明不會在上學途中對關於魔術的大小事多花心思，現在一想就想到最讓人難過的部分，綾香也覺得無可奈何。

畢竟，那「已經開始」了。

儘管那天夜裡，利刃刺穿這片胸口的感觸仍不太能明確想起……不是不願想起——但當時的恐懼，卻能身歷其境似的在腦海中重播。清晰到甚至只要稍有不慎就會產生錯覺，以為在這裡走著的自己只是幻覺或期望。總之不是現實，真正的自己已經被槍刺穿胸口，倒在植物園中央慢慢死去。

腳、全身，彷彿打從心底恐懼而顫抖。

幾乎讓她走不下去。

綾香知道自己是個弱者。一旦任由恐懼擺布，自己的一切必定會在瞬間萬劫不復。

但是，她不會讓這種事發生。

還能走。穿過校門，走進校舍。沒問題。

因為刻於胸前的單翼令咒告訴她，自己絕不是孤單一人。

身披蒼藍與白銀的「他」，是我的——

「早安，沙条。」

「啊，早……早安，伊勢三同學——」

忽然有人搭話，嚇得綾香急忙回頭。

由於意識大幅偏向內心，讓她對應外界的舉動變得有些不自然。表情像是大受驚訝，更糟的是聲音，說不定還有點噎到。

相對地，向她道早的人一切都是那麼完美。

聲音明亮，表情爽朗，又那麼精神奕奕地高舉右手。

他是轉學生伊勢三。在微妙時期轉來綾香班上，髮色明亮的男同學。

「今天天氣真好。看妳愁眉苦臉的，有心事嗎？沒準備今天的小考？」

「呃……」

一次丟來三個話題，讓人難以應對。

天氣好。的確如此。

雖覺得自己沒有愁眉苦臉，但的確有心事。不過，那不能對別人說。

呃，怎麼不記得今天有要小考？

「沙条，妳好像大多是一個人上學吧？」

「呃……」

還沒決定從哪裡答起，又換話題了？

「妳是不是喜歡自己一個人？」

「也……也沒有……」

「有吧？」

伊勢三爽朗的臉，離得比想像中還近。

綾香半下意識地拉出的「某種程度」的距離被他輕易跨越，以與其朝氣相襯的表情投來微笑。好親切的臉，他就是帶著這種表情融入班上。

這麼說來，好像很少看見他單獨一個人。

（……奇怪。）

綾香想起小時候常聚來她腳邊的鴿子。最近，不僅還是老樣子的鴿子，之前很冷淡的烏鴉也開始親近她了。

此外，綾香不知道還有什麼會這樣接近她。

尤其是人類男孩子。

忽然間，他（劍兵）的側臉掠過腦海。

外表年齡雖然比自己大一點，但不是人類。所以，會這麼自然地靠近的男孩子，真的很稀奇──

「我的朋友也是大多時間都自己一個人。不過他各方面都和妳差很多就是了。」

「你是說……你前個學校的朋友？」

「啊，說到學校，妳聽說南校舍的傳聞了嗎？」

「……？……？」

問了問題，卻被反問回來。

而且話題又突然變了。

當綾香心裡疑惑時，伊勢三已接連不斷地說了下去──放學後的南校舍會出現詭異的人影，東京各地發生多起瓦斯爆炸事件等，一下是從同學聽來的學校怪談，一下是報章新聞裡的報導，重點非常模糊地說個沒完。

綾香對兩者都不清楚，只能疑惑地聽著。

「伊勢三同學，你才剛轉進來，消息就這麼靈通啊……」

「也沒有多靈通啦。我到這裡來才沒多久，不知道的事情多到讓我頭昏眼花。啊，不過我還是弄清楚了幾件事……」

「什麼事？」

「就是妳的事，沙条綾香。」

「？」

突然被人喚出全名。

讓綾香一時啞口，只能以視線表示疑問。

「像妳這樣的女生，應該常常會找幾個人玩在一起才對；但妳卻寧願選擇獨處，對不對？現在就是這樣，在教室也一樣。」

「也……也沒有啦……」

──並沒有。

綾香不敢那麼說。

課間、午休時、放學後，都和上學時──現在一樣。

因為她雖然會回應別人，但幾乎不會主動說些什麼。

「有吧？」

第二次，同樣的對話。

綾香抬起垂到腳邊的視線，發現伊勢三的臉就在眼前。

伊勢三有著一頭帥氣的亮色頭髮，是一下子就搏得全班女生好感的轉學生。待人親切，總是面帶微笑的男生。

「妳該不會是——」

剎那間，他那張臉上。

「覺得人類——」

平時的爽朗表情消失不見。

「很討厭吧？」

漾起一層，彷若面具的冷酷無情。

——極東之地，

曾發生一場搶奪聖杯的爭鬥。

——勝利者確實存在。

然而，沒有任何人將聖杯納為己有。

——時間就這麼來到八年後的一九九九年。

——聖杯在這東京再度顯現。

七騎英靈全於此刻，聚於七名魔術師麾下。

——「史上第二次」的聖杯戰爭就此開始。

Fate/Prototype 蒼銀的碎片

「Servants」

使役者。

現界的英靈。

劍之英靈（Saber）。

狂之英靈（Berserker）。

弓之英靈（Archer）。

槍之英靈（Lancer）。

騎之英靈（Rider）。

術之英靈（Caster）。

影之英靈（Assassin）。

由聖杯之力配與七級職階的最強幻想。

他們的力量極其強大。

如過去所述。

別說斬鐵斷鋼，更能劈天裂地。

他們的肉體是由魔力構成的暫用品，正確而言並非生物。

擁有酷似人類的外表，卻不是人類。他們身懷遠超越生物或人類的強韌與破壞力，是現界的活傳說。

然而，他們並非——

（摘自某冊陳舊筆記）

同日深夜。

東京都新宿區，新宿中央公園。

被西新宿密密叢叢的摩天大樓所圍繞的綠林彼端，有一名男子。

他就那麼突然地現身在與流入安大略湖的瀑布同名的壯麗水池前。假如有人目睹——雖然在這季節，基本上不會有任何遊民在深夜接近水池，應該會認為他是憑空出現吧。例如，利用了某種瞬間穿越時空的手法。

但事實不是那樣，不是空間轉移。那是魔法的領域。

男子不過是「解除靈體化」而已。

他已經在水池前靜待一段時間了，只是肉眼看不見他的「模樣」而已。

「現在嘛……」

男子身穿甲冑，體格壯碩。

覆蓋雙肩及左臂的金屬鎧甲，在街燈下銀光燁燁。

比左臂輕簡得多的右臂，繞著一把高過男子許多，槍身看似木製的長槍。

與古時日本戰場常見的長槍樣式迥異。

鎧甲也是如此，瀰漫異國格調。然而男子一身披甲持槍之姿，卻與周遭景色融為一體，絲毫不顯突兀，也許是滿園綠樹與瀑布型水池的關係吧。這座公園本來就與這西新宿街景是兩種世界。綠地與略顯誇張的水池，在彷彿引領文明尖端，摩天大樓櫛次鱗比的「高聳」城市中挖了一個大缺口，實在很特異。

「聽說有人在都心閒晃，想來看看情況，結果──」

男子閉著一眼，仰望其中一棟摩天大樓。

看著新宿住友大樓，歪唇一笑：

「還真的『沒錯』。真是甘拜下風，我連吐槽的力氣都沒了。」

男子再度靈體化。

猶如融入流水聲中，槍兵(Lancer)消失蹤影。

西新宿，摩天大樓群中。

在東京都新都廳大樓竣工前，新宿住友大樓一直都是西新宿最高建築。在標高二一〇公尺處俯瞰，眼下一片光輝斑斕，恍如星海。

當然，那全都不是星光。

僅只是人造之物。

用途上，與照亮黑夜的篝火差不了多少。

「還是老樣子──」

一騎英靈出現在樓頂上。

髮色如黃金般閃耀，一身王者風範的男子。

「不。人的慾望，已經膨脹到前無古人的地步。追求虛幻繁華到最後，這都市光是貪求五慾還不夠，甚至養出了消費之慾，還有什麼比這諷刺的事？區區弄臣卻在無王之城中自以為王，以享樂之『慾』自焚而不覺，只管堆砌妄想登天的城牆。」

他是英雄中的英雄。

萬王之王。

藉眼下都市痛責現代的評判之言，便是由此而生。

「可笑至極。沒有祭司的神殿，究竟要奉祀些什麼？」

那並非桀驁不遜。

並非妄自尊大。

因為他是必須存在而存在，顯現於此東京的真王。

「有這麼糟嗎？

就我看來，人類這德性和我那時候沒什麼不同耶。」

槍兵解除靈體化──

在金色英雄的視線彼端，現出實體。

「你的眼珠是擺好看的嗎，耍槍的？」

「你說呢？」

面對遲早要一決生死的強敵，槍兵仍從容不迫地聳聳肩。參與聖杯戰爭的英靈能感到使役者的特有氣息。既然能察覺他的存在，他也早已感到槍兵就在附近。雖然具體位置另當別論，但任何職階的使役者，都至少能確實掌握是否有使役者正在接近。

儘管如此，他依然堂而皇之地半步不移。

甚至像這樣。

大方交談。

一眼便知不是普通英靈。

正確而言，不必用眼睛看，從皮膚就能感受到他的非凡之氣。

（……普不普通都一樣就是了。）

槍兵想起自己主人的側臉。

對於那張臉聽了這名金色英雄的事之後會作何反應，具體上會是怎樣的表情，槍兵深感興趣。雖然她多半不會因為知道對方特別難纏，就露出一臉吃驚的樣子。

（再加上那傢伙（劍兵），陣容還真是浩大。）

受不了。

嘆口氣後，槍兵又聳聳肩。

即使主人准許見敵就殺，不過看情況，這次還是別輕舉妄動得好。

至少，他不是寶具在封印狀態下也能撂倒的角色。

——極東之地，

曾發生一場搶奪聖杯的爭鬥。

——那是鮮有人知的大規模魔術儀式。

僅能有一名勝利者。

——時值八年前的一九九一年。

——在聖杯顯現的這個城市——東京。

七騎英靈全於此刻，聚於七名魔術師麾下。

——「史上第一次」的聖杯戰爭業已開始。

一九九一年二月某日，凌晨。

東京都中央區，晴海碼頭。

那成群巨塔臨海連綿的剪影，真不知該如何言喻。

自己這些現界的使役者，都會自動獲得最低限度的現代必要資訊，基本上不會因無法理解眼前從未見聞的事物而陷入混亂或大受打擊——當然程度因人而異。

但總歸來說，都會覺得「啊，原來如此」而感到某種程度的認同。

譬如眼前這幅景象。

即使在已逾深夜的凌晨昏暗中，見到與東京灣臨海地區高樓大廈的巨大暗影，或眼下漆黑海面形成強烈對比的那東西，他（劍兵）也不怎麼驚訝。

晴海碼頭。除自己外空無一人的沿海公路上。

劍兵將視線投向遠方。

黑色的東京灣上空——

矗立著莊嚴宏偉，「光華四射的神殿」。

不只一座。

那是多數神殿交疊而成的超大型神殿複合體。倘若可見部位全都實際存在，並非幻象，全長目測少說也有好幾公里。

其威容，彷彿滿天星斗降臨海面。

在這座地面滿是光明而使得星空黯淡失色的都市中，顯得格外諷刺。

劍兵不禁被它奪去目光，看得忘我。對於現代知識有限，只知必要事物的他而言，這未知的巨物能讓他驚訝的程度，應與灣岸邊的高樓暗影相差無幾才對。

不同的是，那浮於海面的光群美得教人沉醉。

足以讓劍兵毫不避諱地如此讚賞。

然而，但是，那並不是真正的星輝。

他看見的，只不過是他必須擊倒的英靈之一所攜魔力散發的光芒。

其名正如其貌。

——光輝大複合神殿。

「那是騎兵的寶具吧。我真不想讓你去那種地方。」

「愛歌……」

劍兵口唸身旁少女（主人）的名字，轉向她。

她濕潤的雙眸映射神殿光輝，不安地注視劍兵。

若不是整座城市都成了英靈們為爭取聖杯而刀來劍往的戰場，真想當場作首詩獻給她，否則簡直愧對騎士身分——那就是這麼一雙楚楚可憐的眼睛。

宛如星空落入了她的眼中。

但卻漾著薄薄的淚，擔憂地晃盪不已。

劍兵十分明白少女為何擔憂，眼中滿載的顧慮從何而來。

「那座神殿是騎兵向我叫戰而設立的。不只是我，還有弓兵、槍兵。既然不知道其他兩人的動向，至少我就得去，不然他真的照他宣告的做就糟了。」

「不行，一個人去太危險了。」

「我甘願冒這危險。」

握有多項寶具的騎兵，即使空手應戰也是個強力英靈。而且那海上神殿中，已知至少有兩頭在日前戰鬥上大展雄威的巨獸，且不難想像，神殿本身也是可怕的威脅。

那神殿多半是某種固有結界。

參與聖杯戰爭的英靈，手中寶具個個強悍，騎兵的更是高人一等。一如字面，他是個不能拿一般英雄豪傑相提並論的對手，具有足以自稱萬王之王的戰力。

而他現在正渴求一件事。

就是與自己（劍兵）對決。

若不應其「敬邀」，前往那位在遠方的大神殿，翱翔天際的太陽船就會在黎明之前使整座東京化為火海。即使只與騎兵交手過短短幾次，也能確實感受到那個英靈不是只會口頭威嚇的人物，力量也十二分地能達成那種暴行。

東京——這位於極東之地的城市。

並不是劍兵的祖國（不列顛），居民也不是他領地的子民。

儘管如此——

「就讓我任性這麼一次吧。我是真心想阻止他。」

「真的就是任性。你這個人喔，有時候拗起來就像小孩耍賴一樣。」

「對不起。」

「……別那樣看著我。他主人那邊，我自己也會設法處理。」

靜靜地，劍兵向他的少女主人頷首。

一般而言，那是不可能的一句話。

如此年輕的少女，與統馭數十名魔術師的祕族之長為敵，竟還誇口要「獨自設法處理」。無論魔術天賦再怎麼高，也該知道自己說的是不可能的事。那個家族還在東京西部山區設遍無數層牢固結界，潛藏於魔術工坊的最深處。

那裡不僅是魔術城塞，還是充滿致命陷阱的迷宮。

一名嬌弱少女不可能隻身潛入那種地方，即使真的成功，也不可能與數十名魔術師進行魔術戰鬥後安然復返。

然而，劍兵卻只是對少女輕輕說了幾個字。

謝謝。

因為他明白，與自己共赴聖杯戰爭的主人，擁有怎麼樣的力量。

「真受不了，你實在是個非常貪心的王子耶。」

主人──

沙条愛歌向劍兵依附而來。

蒼藍與白銀的鎧甲，疊上少女的翠玉色洋裝。

感覺不到體重，應該是她有所矜持的緣故。近幾天，愛歌如此親密舉動雖然增多，但仍保持她一貫原則，不主動與劍兵直接「肌膚相觸」。

「你說什麼都要救那些脆弱又空虛的人類吧？」

少女白皙的指尖、手掌，指向銀色的胸甲。

看似將掌心貼上他胸口。

實際上，仍保持著毫釐之距。

「老是害我操心。」

還稍稍鼓起腮幫子。

真是可愛的動作。彷彿與黑暗的廝殺無關，只屬於明朗陽光澆注的花園中，一朵天真爛漫的花。

接著，她似乎突然想起些什麼，抬望劍兵的臉。

表情略蒙陰影。

「我真的很擔心你，擔心到隨時都會想哭，可是……」

同時，面有難色地微笑：

「可是，我心裡還是有一部分完全不會為你擔心。因為無論對方是什麼樣的英靈，你也絕對不會輸。你揮舞的劍會斬除所有敵人；你揮灑的光，會擊潰所有阻礙。

聽清楚了嗎，劍兵？我的劍兵。

假如聖杯戰爭還有『第二次』——」

「你也絕對不會輸給任何人。」

如此輕聲細語。

漸漸融入星點稀少得與海面成極端對比的夜空。

隨後——

有種巨物飛來的感覺。

劍兵反射性地摟起愛歌的腰，採取防禦架勢。

不思迎擊，只為提供主人萬全保護而凝視雙目。不到兩秒，眼中就多了塊黑影。在東京灣上空畫出明確弧線飛來的巨物，在他眼前「著地」。

甚於大型貨車的巨物優雅著地，沒發出一點衝擊。

巨物扼殺物理法則，無視速度與質量，將對堅實路面與其龐大軀體造成的致命能量，只在周圍數十公尺掀起輕輕吹動少女裙襬的微風。

面為人。

身為獅。

頭戴極具特色的飾物，擁有百獸之王獅子的身軀。

巨大。巨體。巨軀。

一身壓倒性質量的驚人巨獸。

牠面容肅穆，令人略感神聖，且以無光的雙眸垂視劍兵與愛歌。

那是斥候，是先鋒？還是又來宣達邀請的使者？

「騎兵的人面獅身獸（Sphinx）——」

劍兵的唇透露出巨獸之名。

那是不應踏上現代大地的巨獸。

流傳於古希臘與巴比倫尼亞傳說中的怪物，人面獅身的合成獸（Chimera）。在更為遙遠的過去，數千年前的古埃及傳說中，是掌管天空之神（Horus）在地表世界的化身，烈火與狂風的具體形象，受人敬畏的四足獸。

別名恐怖之父（Abul Hool）。

在地中海至西亞地區留下多數傳說的猛獸。

若在場的是個初出茅廬的魔術師，也許在這當下會猜想「對方召喚的是怎樣的魔獸」吧。然而，牠豈有歸於魔獸的道理。

那麼這是什麼呢？

牠是——

棲於傳說之物。

寐於幻想之物。

存於神話之物。

幻想種。想像中的怪獸。只在古老傳說中提及的物種。

它們不屬於已知生命，是由神祕直接化為實體而成，由低到高共分為魔獸、幻獸、神獸三階。

那麼，這般巨獸屬於何者？

牠是伏魔掃幻，伴隨神聖威光君臨地表之物。

神獸——

若無龍族，無疑屬於最高階的聖獸！

『■■■■■■■■——！』

巨大神獸猛然咆哮。

原本平靜的面容因憤怒而扭曲，臉上布滿敵意與野獸般的表情，露出「與人類同樣」的牙齒，對星光稀少的天空狂吼。

晴海碼頭的寧靜瞬時破碎。

「去吧，愛歌。

收拾掉牠以後，我就到騎兵的神殿去。」

「劍兵……」

「愛歌，拜託妳了。」

自己果然當不了典雅的騎士。

劍兵那瞬時為戰鬥特化的頭腦與思緒的小小角落，不禁這麼想。

在這應投以微笑使少女別為騎士擔憂的場面，自己卻只是對那怪物投注如此銳利的眼神。取而代之的，劍兵稍微挪動環繞少女腰際的手，輕撫她的肩。

「……我知道了。」

少女輕輕點頭。

欲言又止地張開的唇，說出肯定的話語。

想得美，你們一個也別想逃——劍兵單以「眼神」遏止彷彿如此高吼的巨獸，架持隱形之劍。

緊接著——

「哦，有趣！

三騎都還沒到齊，你單憑一騎就想戰勝余之「獸」嗎？

即使那只是余之威光、余之榮光的片鱗半爪，也是足以屠殺萬軍的熱沙獅身獸啊！」

東京灣上的大複合神殿。

主神店最深處，具有巨大詭異怪球的陰暗空間內。

在令人聯想龐大魔術迴路的絲絲淡光照映下，「王」面露微笑。

「——很好。那你就掙扎個夠吧，無光之人。」

晴海，東京國際貿易展覽會會場。

場區中央大道。

發生了堪稱蹂躪的狀況。

柏油地在牠巨大腳爪下潰如沙土，成群大型貨車在著地的衝擊中應聲扭曲。儘管不時有人說這個會場年久失修，但有誰會想到，這仍能收容數千人的設施外壁，竟會被這巨獸的前腳一掃就崩塌呢。

由於已是凌晨，場中空無一人，算是不幸中的大幸。

這場巨獸(Sphinx)與劍士(Saber)的戰鬥，遍及這整座建滿展場設施的廣大區域。

破壞力遠超乎外觀的尖爪獠牙，乘著可怕速度連連揮掃，動作比獅子、老虎等自然猛獸更為迅速。身形如此巨大還能這麼敏捷，位在其肢體末端的爪牙速度可想而知。每次攻擊後響遍四方的破壞聲與衝擊波訴說著，那全是不折不扣的驚人現實。

面對那些攻擊，劍兵在路面、牆壁、屋頂不停穿梭，一一閃躲。

沉重攻擊，迴避。

快速連擊，迴避。

閃躲所有攻擊之餘，劍兵雙眼緊盯著巨獸中心，只以輪廓勾勒其整體，觀察攻擊的習慣動作、連續攻擊之間的喘息等反擊機會，等牠露出破綻。

但看樣子，巨獸智商相當高。

懂得活用其飛行能力，藉立體移位進行不停變換組合的全方位攻擊，且威力絲毫不減。那是明白劍兵作何考量才會有的行動。

甚至——

還會進行假動作牽制。

在連擊之間，刻意破壞建築壁面，濺散碎片，穿插「無謂的攻擊」。儘管使役者基本上不會被不帶魔力的攻擊傷害，但某程度的「具有魔力的攻擊導致的副作用」仍能對他們造成影響。

「……！」

就在劍兵閃避高速飛來的鋼筋水泥碎塊之際。

巨獸首度四肢並用，全力猛撲而來！

時間已不足以放棄閃躲碎片，重新進行迴避。於是劍兵直接以劍脊為盾，向前挺身。

採取截然不同於完全迴避，正面接擋的防禦架勢——！

衝擊。好重，重得難以想像。

即使階段性地釋放纏繞於隱形之劍的寶具——風王結界（Invisible Air）所蘊藏的風之魔力，且併用魔力放射，也抵銷不了巨獸猛衝的力道，使劍兵遭受全身彷彿龜裂的衝擊。那依稀聽見的金屬摩擦聲，難道是全身骨折的哀號嗎？

然而，他並不打算硬吃下所有衝擊。

相對地，巨獸多半也在盤算頂著他撞碎幾片水泥牆再搗入地面，一口了結其性命之類的事吧。

（很好。）

劍兵腦中一角感到認同。

（真是了不起的猛獸……！）

劍所釋放的猛烈風勢改變了方向，從正面接擋改為「向旁卸轉」。同時，劍兵自身迅速橫轉騰躍，從靴底放射魔力，拉長間距。

「……的確。」

接著，輕吐口氣。

「一般的劍士絕非你的對手。但是——」

——並且，改變架勢。

巨獸不和劍兵玩在攻擊範圍間進退的遊戲，對直指而來的劍尖也毫不畏懼。

那是當然。牠可不是騎士或士兵，也不是弓矢、戰車或魔術中人，而是非比尋常，有如狂亂暴風的神獸。

於是劍兵改變了架勢。因為面對體積大過自己數倍的巨獸，以對人的戰場劍技應戰並非合適之舉。

左右腳間距踏得比平常更寬，深深沉腰。

雙手握持隱形之劍舉過右肩，全身蓄力。

並解除全身鎧甲。

用心感受腳下大地。

這架勢——

是為了擊斃那神祕的巨獸。

劍兵蒼藍的眼中，沒有絲毫焦躁之類的情緒。

那是當然。他不是第一次採取這種架勢。

這可是和每根爪、每顆牙都遠長過他身高，比高大戰士雙手揮出的劍或斧更快狠準的怪物廝殺。別說日前也遭遇過的同種猛獸，對於如此層次在人之上，有如神祕具體化之物，劍兵已累積了相當的交戰心得。

邪龍、巨人、巨獸，甚至狂吠之獸（註：指Questing Beast。幻想怪物。頭與尾巴為蛇，軀體為豹，四足為鹿。其吠聲如三十隻獵犬同時狂吠）。

企圖摧殘他祖國（不列顛）的邪惡怪物，全都喪命在他的劍下。

因此，沒錯，劍兵「明白該怎麼戰勝牠」！

『■■■■■■■■——！』

灼熱火焰。

破碎大氣。

突然間，那堪稱王力之體現的巨獸尖聲咆哮，霎時化為將敵人燒成碎屑的火焰龍捲襲向劍兵。

將劍士的架勢視為挑釁而先發制人，超乎常理之一擊！

猶如天空神荷魯斯神力一端具象化的猛擊，瞬即將中央大道兩旁的路樹燒成焦炭，直擊具有圓頂的大型設施——東館。因形似某特攝電影怪獸而有同名俗稱，為時下年輕人所熟悉的展覽會場東館，不出幾秒就像鍋裡的糖球般融化。

那麼，劍兵到哪裡去了？

被火燒焦，被風吹散，同時喪失暫用的肉體與靈核，煙消雲散了嗎？

不，當然不是。

看清楚。巨獸的頭部，人面原本存在的位置。

那裡，如今開了一個大洞。

劍兵將自己與劍化作滿弓之箭，連同火焰龍捲正面貫穿了巨獸頭部。

然而，頭部大洞彼端見不到他的身影。人呢？擁有異常生命力的巨獸即使失去臉孔和大半腦部，也依然四處轉頭尋敵。

——在上方。

飛上兩百公尺空中的蒼銀劍士，雙腳正蹬踏星空。不僅是俯衝，還如字面般腳踩空氣節節加速，同時放射魔力進行二次加速，準備追擊。那把隱形之劍已被他舉至頂點。

顯然要以這第二擊，將巨獸硬生生斬成兩段。

失去臉孔的巨獸猛然站起，彷彿頭部缺損並不算傷害，高舉灌注魔力而熾紅的一對前爪撲向敵人。

以同時發動的左右夾擊，迎戰猛烈加速落下的劍兵。

縱然沒有臉孔，沒有眼球，完全失去視力，巨獸之爪依然不偏不倚，速度也毫無減弱。劍兵是否裝備以魔力鍛造而成的鎧甲，在這對凶爪前並無意義。這一擊將造成的，就只是擊潰偉大主人（騎兵）的敵人而已。

左右前腳——

──熾紅雙爪驟然爆散。

──隱形之劍高速旋轉。

──旋出殘忍的刃之舞。

這也是一場蹂躪吧。

無法稱之為斬切。

劍兵同時利用灌注全力的魔力放射與風王結界，使自身隨劍高速螺旋，在俯衝之中絞碎了巨獸的熾紅雙爪。沒有任何人見到這攻擊在一秒中究竟轉了多少次，因為巨獸早已失去臉孔與眼球。

而且這高速螺旋的俯衝攻擊，更瞬間鑽入無面巨獸頭部，直穿軀幹。

將牠從中兩斷──

這實在難以稱為兩斷。

「現在……」

當著地的劍兵站起時。

炎與風的巨獸，已只剩四肢殘骸。

「就讓我應你的邀，把這件事做個了斷吧，騎兵。」

（第二集待續）

咚…咚…
綾香？
妳今天起得很早呢。
？
那個…
請問你是誰…？
？
？
綾…
綾…香？

原著：TYPE-MOON
漫畫：中原
來，請用。
Fate Prototype
Special Comic 只限今天的小任性
©TYPE-MOON
……？怎麼了嗎？
唔～
爸爸和姊姊都不在，我真的可以自己吃蛋糕嗎…
我…我不是說了嗎？
呃－
今天一整天，妳爸爸要我幫他看家跟照顧妳啊。

嗨～
這是什麼狀況？好像很有趣嘛。
不會是你偷生的吧？
哇哈哈
槍兵…又是你…
該不會是你家主人的魔術搞的鬼吧…？
還有，別來我倆家吃白食！
哈哈…
別那麼小氣嘛！
不過呢，那也並非不可能的事。
!!
わし
わし
哈哈，
脾氣倔這點也和原本的她一樣呢。
好痛…
真狡猾。
綾～香～啊
唔…

喔喔，
綾香！
妳在這兒啊，我找妳好久了！
ズッ
嗯！
效果終於出來了。
這樣子真是小得剛剛好啊…
太棒了！
可愛
慢著！
慢著！
難道綾香變成這樣，是你故意弄的嗎？
正是！
用這個藥！
？

據說吃了這個藥，身體和記憶都會回到幼年狀態。
這種設定太扯了吧！
很久以前，某個魔術師為了方便服用，還把它做成膠囊。
聽起來很有趣，我就拿走了。
……
這傢伙……
綾香兒時的記憶不是很模糊嗎？
我又很想知道綾香的一切…一時興起就——
總之，我是出於好意！
唔…
真是…
我明明警告過綾香，不要隨隨便便接近弓兵啊。
我把藥塞進布丁裡端給她，她就馬上吞下去啦！
……
之後得訓她一頓…
話說回來——

真沒想到，我會以這種方式見到以前的綾香——
？
那麼，藥效會持續多久？
可能因為她好歹也是個魔術師吧，既然藥效起得很晚，應該也不會持續太久。
呵…
……
對了，妳肚子餓了吧？
想吃什麼？
呃…不用麻煩啦…
我不是說了嗎？今天妳爸爸和姊姊都不在，
稍微任性一下沒關係的。

好嗎？
ニコ
那……
那好吧。
不必克制，
今天就吃妳愛吃的東西吧。
我……
我要吃…荷包蛋！兩面都煎的！
荷包蛋…這樣就好？
？
對啊。
我沒有討厭姊姊每次都煎太陽蛋給我喔。
是因為你說，我今天可以任性一下嘛。
小妹妹綾香萬萬歲!!
綾香～
……
喂喂……
好！我再做點其他的給妳吃！

我吃飽了！
獻醜了。
怎麼樣，合妳口味嗎？
呃…那個…
嗯。
……
這個嘛…
嘿嘿…
你那些吃粗飽的都是質低於量，怎麼可能會好吃嘛。
受不了…
你你你…給我閉嘴！
滾回去!!
呵呵。
連綾香也…

不是啦。因為我每次都是一個人看家，
已經好久沒這麼熱鬧了，好好玩喔！
綾香⋯
妳一直都是孤單一人——
大哥哥還會再來玩嗎？
這個年紀的綾香，
下次再見到我就是——
這個嘛，我一定會再來的。

哇……
咦？
這裡是客廳？我應該在房間睡覺……
？
？
早。
綾香，今天早餐想吃荷包蛋嗎？
咦？吃什麼都好……再說，我自己煎就行了……
因為你煎的實在……
妳……很不可愛耶……！
妳也真是的……
怎麼可以因為
亂吃
對
老媽子……
沒事生什麼氣啊……
訓話
叨唸 叨唸
THE END

解說（※注意，內含劇情洩漏）

東出祐一郎

——我就先說結論吧。櫻井光是個鬼畜生。

《Fate/Prototype》可說是超高人氣電腦遊戲《Fate/stay night》的原型，隨處可見《stay night》所沿用的設定與段落。然而劇情方面其實改動了不少。

譬如年份為一九九九年。

譬如聖杯戰爭發生於新宿。

譬如亞瑟王不是少女而是青年。

譬如衛宮士郎根本不存在，主角是個名叫沙条綾香的黑魔術師。

……等族繁不及備載，大部分都只是細枝末節（就連主角與女性角色性別調換也是）。

最大的問題，與《stay night》的決定性差異——集中於沙条愛歌這名少女身上。

她是個活在戀愛中的少女。

而且不是半吊子的戀愛，是情願奉獻自己和對方的一生——且不滿於此，就連無關的路人，有害的敵人或無害的家人，都想丟進沸鍋裡一起燉煮的戀愛。

那是《stay night》中所有敵方阻礙都沒有的特質。

吉爾伽美什桀驁不遜，秉持世界最古老英雄王的驕傲而戰。

言峰綺禮為自己「無法從正當事物中感到幸福」的罪業深感苦悶，卻也因這罪業與衛宮士郎對立。

故事中，沒有任何人抱持天真膚淺的「愛意」。間桐櫻即使三番兩次被命運捉弄，仍因為「愛意」與「對姊姊的傾慕」夠堅定，才能重返光明。

那與沙条愛歌的性質正好相反。戀愛不是她的武器，而是弱點（對敵方而言）。

《Fate/Prototype 蒼銀的碎片》就是以這樣的愛歌為主角的故事。

第一場聖杯戰爭中，愛歌與眉清目秀的劍士（Saber）亞瑟一次又一次地獲勝。

並非戰勝，就只是「獲勝」。那是近乎上帝視角的蹂躪，與她為敵的人全都淒慘地接連消滅——甚至放棄敵對。

對聖杯的執著，使役者們繫於聖杯的願望，魔術師們的悲願，面臨純粹的「愛意」都只有慘遭毀滅的份。

愛歌就是以「戀愛」這感情為唯一路線，如子彈般直線前進。毫無二心，彷彿眼中只有標的。

遺憾的是，子彈只會造成破壞。一旦擊中腦袋，當然會腦漿迸裂。驚悚、血腥、噁心，皮開肉綻——

儘管如此，真的是儘管如此，這故事仍是美得「毛骨悚然」。

活在戀愛中的少女，既可愛又美麗。

在額上輕輕一吻就害臊不已的少女很美。

支配了刺客的少女很美。

為自己所愛的青年下廚的少女惹人疼愛。

櫻井光的文句，流順而美麗。

繪師中原老師的插圖也是無懈可擊地華美。

……因為美麗，反而可怕。

愛歌的行為，無疑全屬於一名戀愛的少女。但讀者感受到的卻不是戀愛的溫暖，反而是直接體會到戀愛的可怕啊。

《蒼銀的碎片》，終究是《Fate/Prototype》的前傳。

愛歌被聖劍從背後刺穿胸口而死——已是確定的未來。

愛歌所戀上的青年亞瑟，為何會以聖劍刺死自己的主人，仍是未解之謎。

也許是因為他害怕愛歌，也許是為了拯救被當成祭品的綾香，抑或是與愛歌產生某種決定性的對立關係。

無論如何，這名歌頌著愛情的少女，其戀愛就此破滅。原本所向無敵的「戀愛」，卻步入敗於聖劍的命運。

真是段淒慘而殘酷的故事——可能會有讀者這麼想吧。

但是，那是「對誰而言」呢？

是在戀愛面前不堪一擊的凡人，還是失戀的少女？若覺得後者可憐，是否有些矛盾？

比誰都更殘酷的少女，有什麼好可憐的呢？

因為這個緣故，我實在不得不下此結論。

——櫻井光是個鬼畜生。

後記

櫻井光

聖杯只能達成一個願望。

相對地，為啟動聖杯而參加其「魔術儀式」的魔術師與英靈，卻有七人七騎。

這表示，他們必須爭搶、交戰、廝殺，唯有殘存到最後的那個人才能實現願望。

聖杯戰爭便是如此空前絕後的絢爛死鬥——

本作是《Fate/Prototype》的衍生小說，而《Fate/Prototype》則是以遊戲、漫畫、動畫等多樣媒體向世界擴展的TYPE-MOON作品《Fate/stay night》的原型小說為原案塑造而成。《Fate/Prototype》以一九九九年的東京為舞台，而本作則是以其八年前——一九九一年，於東京展開的「最初」的聖杯戰爭為絲線所織出的一篇篇「碎片(Fragment)」。

時至今日，我仍清楚記得約十年前，《Fate/stay night》發表時的盛況。

聯手打造傳說之作《月姫》的奈須きのこ老師與武內崇老師，發表新商業作品的消息，簡直在業界投下一顆震撼彈。我從那一刻起就抱持著強烈的期待與預感，而它們日後都成了確切的現實。

——令人雀躍的故事，充滿魅力的人物，設定詳實的世界。

真是使我大受衝擊。

到了二〇一二年，TYPE-MOON十週年紀念動畫《Carnival Phantasm》第三集以《Fate/Prototype》作為影像特典。目睹它的當下，我又感到與當年同樣，甚至更強的震撼。

在那之前，我原以為自己對《Fate》原典有相當程度的了解。然而以影像為肉，以《Fate/Prototype -Animation material-》中親自編寫的大綱為骨，而成為「珍貴的故事碎片」的原典，更是散發著浩瀚的光輝。

那股衝擊，就此長存我心——

一個不注意，那短短的「故事碎片」已在我心中萌芽。

一九九九年的東京聖杯戰爭中，一對姊妹與一名騎士——沙条愛歌、沙条綾香與第一階使役者劍兵，遭遇一場宿命的重逢。

開戰前，八年前，三人在「最初」聖杯戰爭中的模樣。

微笑的愛歌。

開心地旋轉舞動的她，宛如盛開的花朵。

在命運的奇妙安排下，這些碎片流轉到了COMPTIQ編輯部，以及TYPE-MOON手中。接下來的完全是一連串驚歎與奇蹟。我目睹斑斕碎片而織出的細小碎片，在奈須老師等貴人的大力鼎助下，編成了描寫「一九九一年聖杯戰爭」的「碎片的故事（Fragment）」。

屬於愛歌與劍兵，以及總是注視姊姊的綾香的故事——Little Lady。

集於本書的故事。

我心中，一定有過就此停止繼續編織碎片的念頭。

但是——

獲得廣大聲援之後，我決定將「碎片的故事」延續下去。

那將是八年前的玲瓏館美沙夜與使役者們的故事——Best Friend。

如今，二〇一四年九月，《月刊COMPTIQ》雜誌上的〈Best Friend〉已經結束，第三碎片〈Beautiful Mind〉開始連載。

預定於下個月（日本原作發售時間）發售的第二集，將收錄我新增的篇章。我想，第三集應該也會有新的碎片編入其中。

倘若本書、連載、今後所有書刊，

眾多的碎片、叢集的故事，

只要任何一項能讓各位獲得樂趣，便是我無上的光榮。

再來是一些感謝的話。

奈須きのこ老師、武內崇老師，感謝二位爽快答應小的不情之請，讓我得以描寫《Fate/Prototype》八年前的時空，甚至大方撥冗，替我解惑與監製，真是感激不盡。

中原老師，感謝您每幅美麗又細膩的全彩畫作。我能深切地感受到，您的圖為仍在織造當中的一九九一年的碎片們，賦與了栩栩如生的實體。

《月刊COMPTIQ》的小山編輯與全體編輯部、營業部，感謝各位的幫助。

最後，我要向不吝翻閱這篇故事的所有讀者，獻上千千萬萬的感謝。

那麼——我們下個碎片見。

下集預告
東洋首屈一指的
魔術名門玲瓏館——
參加了發生於
一九九一年東京的
聖杯戰爭（廝殺儀式），
但是——

《Fate/Prototype 蒼銀的碎片》第二集

對聖杯的執念終將
根源之女一口吞噬!!

Kadokawa Light Novels

冰境的艾瑪莉莉絲

Kadokawa Fantastic Novels

作者：松山 剛　插畫：パセリ

機器人與人類「各半」的生活，
描繪機械們「生存之道」的感人故事——

冰河期的世界，人類沉眠於名為「白雪公主」的睡眠設施中。副村長艾瑪莉莉絲日日勞心勞力，就為了能再次與人類一起生活。然而村長的一句話卻令眾人為之顫慄——人類應該滅亡。機器人們最後會做出什麼樣的抉擇？

NT$260/HK$78

台灣角川

Kadokawa Light Novels

雪翼的芙莉吉亞

Kadokawa Fantastic Novels

作者：松山 剛　插畫：ヒラサト

擁有不屈不撓意志的少女，
能否靠著信念稱霸遼闊的天空——？

這裡是擁有翅膀的人們所居住的世界。因意外失去翅膀的少女芙莉吉亞為了再次翱翔於浩瀚天空，前來造訪「人工翅膀」工匠男子加雷特。究竟少女能否藉助人工翅膀在飛翔士們的巔峰賽事「天覽飛翔會」中取得優勝——？

台灣角川

NT$220/HK$68

Kadokawa Light Novels

未踏召喚://鮮血印記 1 待續

Kadokawa Fantastic Novels

作者：鎌池和馬　插畫：依河和希

精彩程度不下《禁書目錄》，
鎌池和馬的正統派新系列！

連「比眾神更高次元的存在」都能自由喚出的召喚儀式。在擁有如此技術的尖端召喚師當中，存在著一名實力驚人的少年「不殺王」城山恭介。他唯一的致命弱點就是由少女口中發出的詛咒之言「救我——」。恭介將為此投身於召喚師三大勢力的激烈衝突！

台灣角川

NT$280/HK$85

Kadokawa Light Novels

金色文字使 被四名勇者波及的獨特外掛 1 待續

Kadokawa Fantastic Novels

作者：十本スイ　插畫：すまき俊悟

掌握「文字魔法」的獨行俠丘村日色，
在不久的將來，將被稱為英雄……

熱愛美食與閱讀的丘村日色，和班上的四個同學一起闖入異世界。受到公主請託，眾人摩拳擦掌。此時，日色卻發現自己獲得的稱號是「遭受波及者」？擁有特殊能力「文字魔法」的他將運用能力，踏上一個人的冒險旅程！

NT$200/HK$60

台灣角川

Kadokawa Light Novels

絕對的孤獨者 1 待續

Kadokawa Fantastic Novels

作者：川原 礫　插畫：シメジ

「尋求絕對的『孤獨』……
所以我的代號是『孤獨者(Isolator)』！」

人類初次接觸的地球外有機生命體，以複數墜落至地球上的幾座城市內。之後被稱之為「第三隻眼」的那個球體，會賦予跟它們接觸的人現代科學無法解答的「力量」。但那股「力量」卻把空木實捲入他不希望的戰爭之中──

台灣角川

NT$220/HK$68